秘密で赤ちゃんを産んだら、強引社長が溺愛パパになりました

m a r m a l a d e b u n k o

椋本梨戸

JN052177

マーマレード文庫

目次

秘密で赤ちゃんを産んだら、強引社長が溺愛パパになりました

秘密で赤ちゃんを産んだら、強引社長が溺愛パパになりました

序章

「……え？」

蓮《れん》はゆっくりと目を見開いた。

「なんだって？　もう一度言ってくれないか」

彼の男らしく端整な顔立ちに、驚きが広がっていく。

平日はスーツばかりの彼だが、休日の今日はジャケットにジーンズ姿というカジュアルなスタイルで長身を包んでいた。

夕刻だった。

公園の見晴らし台から見えるのは、夕陽に赤く染まる街並みだ。

涼しい風が吹いて、紅葉がはらはらと散っていた。紗雪《さゆき》の長い髪と、膝丈《ひざ》のフレアスカートも揺れている。

蓮に視線を移し、紗雪は再度告げた。

「赤ちゃんができたの」

緊張で声が震えないように、気をつけた。

紗雪は普段から、しっかり者だと言われることが多い。言動はもちろん、顔立ちや立ち姿に落ち着いた雰囲気があるのだそうだ。

けれどいまは、ほんの少しの冷静さすら保つことが困難なほど、紗雪は緊張しきっている。

蓮ならば、子ができたことを受け入れてくれるはずだとわかっていた。けれど『もし』という言葉が頭からどうしても離れない。

もし、受け入れてもらえなかったら。

ほんの少しでも彼の表情が曇ったら。いつも強い光を宿している双眸《そうぼう》が、翳《かげ》ってしまったら。

わずかな心の隙間から、そういった不安が滲《にじ》んでくる。

なぜなら自分たちは付き合って一年の恋人同士で、まだ結婚していないから。加えて蓮が、社会的に重要な立場にいる人物だからだ。

もし蓮の表情が翳ったとして、それでも自分はこの子を産むだろう。紗雪は見たのだ、産院のエコー映像を。まだ小さな、よく見ないと人の形をしているかどうかもわからないようなシルエットだった。けれどその命は確実に自分のなかに息づいていた。

この子を可愛いと、紗雪は感じた。顔が見たい、声が聞きたい。この手でふれて、抱っこしたい。そんな思いが胸の奥から湧き上がった。そのときにはもう、紗雪にとってこの子がかけがえのない存在になっていた。

「赤ちゃん……。赤ん坊……?」

蓮は茫然《ぼうぜん》と繰り返した。紗雪の顔を見て、それからお腹を見る。

紗雪はもともと痩せていて、華奢《きゃしゃ》な体つきをしている。ベージュのニットに包まれた腹部は平べったいままだ。

紗雪はそこに手を当てた。

「三ヶ月だってお医者さんから言われたの。お腹はまだ目立たないけれど、もう少ししたらふくらみはじめるみたい」

「ヤバいな」

低いつぶやきが蓮の唇からこぼれた。

いつもなら聞くだけでときめいてしまう彼の声だが、このときばかりは違った。胸の不安が大きくなって、指先が冷えていく。

蓮は口元を押さえて、自身の足先を見つめていた。長いまつげが伏せられて、大きな戸惑いが彼を取り巻いているのがわかる。

喜んでくれていない。

紗雪は刺されるような痛みを胸に感じた。唇が笑みの形に歪《ゆが》んで、乾いた声が漏《も》れる。

「ヤバい、よね。そうだよね」

蓮が弾《はじ》かれたように顔を上げた。強いまなざしが、自分にまっすぐ向けられるのを感じる。

紗雪は蓮からぎこちなく目を逸《そ》らし、街並みを見下ろした。

「いきなりこんなこと言われても困るよね。わたしたちは恋人同士というだけで、結婚してるわけじゃないし」

声が震える。指先が痺《しび》れて、感覚がなくなっていく。

「でも蓮がどう思おうとも、わたしはこの子をあきらめたくな――」

「違う、そうじゃない」

大きな手のひらで腕をつかまれた。

紗雪は驚いて振り返る。

男らしく堂々とした蓮の美貌が、いまは余裕のない必死さを露《あら》わにしていた。

「そうじゃないんだ、困ってなんかいない。誤解をさせてすまない。困るどころかむしろ、俺は」

語尾が震えた。蓮は唐突に、たくましい両腕で紗雪を抱き寄せる。

「嬉しいよ」

紗雪は息を止めた。

細い首すじに顔をうずめるようにして、蓮はかすれた声で続ける。

「すごく嬉しい。夢みたいだ」

「蓮……」

胸の奥が熱くなる。

抱き竦《すく》める両腕の力強さを感じながら、紗雪はふたたび泣きそうになった。先ほどとは違う種類の涙が、込み上げてくる。

紗雪は両腕を伸ばして蓮を抱きしめ返した。

「そう言ってくれてわたしも嬉しい。ありがとう、蓮」

「礼を言うのはこちらのほうだよ」

少しだけ体を離して、蓮は紗雪を見下ろした。切れ長の目に深い情熱が宿っている。

そしてそこに、喜びの感情もはっきりと見て取れた。

蓮が喜んでくれている。お腹に宿った命を歓迎してくれている。

嬉しくて、幸せで、胸が熱くなった。

蓮とずっと一緒にいたい。一緒に人生を歩んでいきたい。

その道のりを、ふたりのあいだに生まれた小さな手をつないで進めたら、どんなに幸せだろう。

彼の男らしい指が、紗雪のまっすぐ伸びた髪を梳《と》くように撫《な》でた。その感触が心地いい。

こちらを見つめながら、蓮は静かに言った。

「病院にはひとりで行ったんだな」

綺麗な形をした彼の双眸に、いつのまにか憂いが生じている。

紗雪は戸惑いつつもうなずいた。

「はっきりしたことがわかるまで、蓮には言わないでおこうと思ったの。デリケートなことだから動揺させてしまうかもしれないし」

「俺は一緒に行きたかったよ」

シンプルな言い方に、紗雪は胸を打たれる。

「一緒に行きたかった。だからこれからは俺をもっと頼ってほしい」

紗雪は慌てて首を振る。

「蓮のことはいつも頼りにしてるよ。けれど今回は――」

唐突に唇を塞がれた。熱く口づけられて、紗雪は目を見開く。

「……っ、蓮」

「おまえが好きだ」

吐息のふれる距離で蓮は言う。

「好きだよ、紗雪。どうにもならないくらいおまえを愛してる」

もどかしげに彼は紗雪を見つめた。

愛情を必死に伝えようとする様子に、紗雪の胸が震える。

「俺たちふたりの子供だろう？　だからこれからは、なにかあったら俺にすぐ話してくれ」

「……うん」

頭で考えるより先に、紗雪はうなずいていた。遅れて、愛しさが込み上げてくる。

蓮が好きだ。彼をずっと愛していきたい。

「紗雪と赤ん坊は俺が守るよ」

紗雪の頬《ほお》を熱い指先で撫でながら、蓮は告げた。

「結婚しよう」

「え……？」

頭のなかが真っ白になった。

蓮とは結婚を前提にして付き合っていたため、妊娠がわかったときに紗雪の頭にも『結婚』の二文字が浮かんだ。順番は逆になってしまうが、その方向に話が進むかもしれないとも思った。

それでもこうして実際に、彼からプロポーズをされるとなにも考えられなくなってしまう。

「愛してる」

蓮の声が、茫然とする紗雪の心に染みてくる。

彼の瞳は情熱的で、どこまでも優しかった。

「愛してるよ、紗雪。俺と結婚してほしい」

「わたしも――」

動かなかった体が、ゆるゆるとほどけていく。

涙がこぼれた。ずっと我慢していたのに、このときは抑えきれなかった。

胸のなかが喜びにあふれて、いっぱいになる。

「わたしも蓮が好き。大好き。愛してる」

滲む視界に蓮を必死に映しながら、紗雪は言った。

「蓮を幸せにしたいよ。蓮と赤ちゃんを、わたしも守りたい。一緒に生きていきたい」

こんなにも好きな人に出会えた。

その人に愛されて、その人の子を身ごもった。

奇跡のような幸せが、体の底から満ちてくる。紗雪は背伸びをして、自分から蓮に口づけた。

蓮の両腕に力がこもり、強く抱き竦められる。

「なによりも大切にするよ。紗雪は――紗雪とお腹の子は、俺の宝物だ」

このとき紗雪はたしかに幸せだった。

未来にはなんの不安もなく、道の先は明るく輝いていた。

第一章　四年後の再会

「ものすっごく懐かしい夢を見た……」

朝七時。スマホのアラームをオフにしながら、寝ぼけまなこで紗雪はつぶやく。

隣で寝ていた三歳児が、身じろぎをした。

「んー……。ママー……」

小さな手を伸ばしてしがみついてくる。

さっきまで見ていた夢は、この可愛い息子が生まれる前のものだ。四年前、あのとき紗雪はまだ二十四歳だった。

紗雪は息子を抱き寄せる。ぷにぷにのほっぺに頬ずりした。

「おはよー耀太《ようた》。今日も寒いねぇ」

「さむいねぇ」

腕のなかでモゾモゾしながら耀太は答える。やわらかい髪を撫でつつ、紗雪は幸せを噛《か》みしめた。

今日も息子が可愛い。

それだけで幸せだ。

「そろそろ起きよっか。保育園遅れちゃう」

「まだおふとんがいいー」

「ママもまだお布団《ふとん》がいいー」

笑いながら、紗雪はガバッと布団をめくる。

冬の寒さが襲ってきて、耀太は「ひゃぁぁ」と身を縮めた。

「ほら、起きて耀太。朝ごはんの時間だぞ。今日のごはんもめちゃくちゃ美味《おい》しいぞ」

「今日のごはんはー?」

「キッチンに立ってから決める!」

紗雪は耀太を抱き上げた。

耀太はどんどん大きくなって、どんどん重くなる。

子供の成長はすごい。

耀太を抱っこするたび紗雪はそう思った。そして、成長の要はなんといってもごはんである。

「モリモリ食べて、今日も一日がんばろうね！」

「ねー」

ママに抱っこされてご機嫌の耀太が、大きな瞳を和ませて笑う。

その笑顔が可愛くて、紗雪はマシュマロみたいな頬にキスをした。


紗雪と耀太が住むのは築三十年のオンボロ賃貸アパートだ。部屋は一階の１ＤＫである。

建物が古びていることと部屋が狭いことはそれほど気にならない。ただこのアパートは薄暗い路地に建っているため、治安がいいと言えないのが難点だった。

しかしながら、家賃が安い上に駅から徒歩七分、保育園まで自転車で十五分という立地は捨てがたい。総合的に考えた結果、紗雪は当面の住まいをここに決めた。

それが四年前の話だ。

越してきた当時、紗雪は心身共にボロボロの状態だった。

そんな自分を支えてくれたのは、お腹にいた耀太の存在である。

耀太がいたからがんばれたし、これからもがんばれる。毎日が喜びにあふれているのは、ひとえに耀太がいるからだ。

紗雪はパジャマからニットとパンツに着替え、洗面所に足を運んだ。手早く顔を洗い、メイクをすませる。

どうしたらもっとよく見えるかを、雑誌などで勉強していろいろ試したこともあった。子育てと仕事に追われるいまは、手早くすませられてきちんと見えるようなメイク方法ばかりを駆使している。

それはヘアセットも同じだ。まっすぐの髪に何度か櫛《くし》を入れ、前髪を軽く横に流してスプレーで固める。これで完了、メイクと合わせての所要時間は七分である。

最近は美容院に行くのをサボりがちなので、肩のあたりまで伸びてしまった。近々予約して、顎《あご》くらいのラインまで切ってもらわなければならない。紗雪の髪質だと、それくらいの長さがもっともケアしやすいのだ。

四年前は胸に届くほどの長さだった。

あの頃はトリートメントに精を出したりヘッドスパを定期的に受けたりして、髪が傷まないよう気を使っていた。

それももう、昔のことだ。

次に紗雪は耀太を洗面所に呼んだ。顔を洗ってやり、寝癖をなおす。ふたりでダイニングに戻り耀太を子供用の椅子に座らせてから、朝食作りに取りかかった。
今朝のメニューは、ロールパンに切り込みを入れて作ったハム野菜サンドだ。

「よし、できた。きゅうりもしっかり食べるんだよ」

「うん、ヨウタきゅうり食べる」

ハム野菜サンドを、耀太は口いっぱいに頬張っている。

紗雪はその隣に腰かけて、野菜ジュースを一気飲みした。

テレビに映っているのはお天気ニュースである。今日は一日中曇りで、乾燥した日になるそうだ。

火の元に気をつけるよう、お嬢さん風の気象予報士が注意を促している。

「今日も寒いって。マフラーと手袋していこうね」

「ねー」

「そうだ、あけみ先生に伝えることも覚えておかないと。次の個人懇談、仕事の調整がなんとかつきそうだから予定どおりで大丈夫ですって――」

紗雪は途中で言葉を切った。テレビ画面に苦手な映像が流れたからだ。

それは秋月《あきづき》工業という会社のＣＭだった。

自動車関連の製品や、産業機械に関係するエレクトロニクス製品などを開発・製造している会社だ。四年前に経営が傾き、買収されかけたところを、新社長の就任によってＶ字回復の急成長を遂げた。いまや業界のリーディングカンパニーとして大躍進している優良企業である。

このＣＭは商品を売り込む種類のものではなく、企業のイメージアップのために作られたものらしい。秋月工業で働く社員たちの映像が流れていく。真剣な顔で研究に励む白衣の男女、工場で生き生き働く若者たち、熱意を込めてプレゼンする営業マン……。

反射的に紗雪はリモコンを取り、電源ボタンを押していた。

液晶画面が真っ暗になり、室内が静かになる。

牛乳を飲んでいた耀太は、不思議そうに首をかしげた。

「ママこれ、いつも消しちゃう」

「ごめんごめん」

笑って、紗雪は立ち上がった。お皿とコップをすぐそこの流しに持っていく。

「ママ、あれ嫌い？」

「嫌いじゃないよ。ただ、ちょっと苦手なだけ」

「なんで？」

「うーんと。いろんな人がいっぱい出てくるでしょ。ママ、騒がしいのが苦手なの」

「なるほどー」

覚えたての『なるほど』を耀太は使った。教育テレビで聞いたらしく、最近のお気に入りワードだ。

それにしてもこういうごまかしは、耀太にいつまで通用するだろうか。蛇口をひねりながら紗雪はため息をつく。耀太から不審に思われないうちに、秋月工業のCMくらいはきちんと見られるようにしておかないといけない。

秋月工業関連のものにふれたときはいつも胸がザワつく。何度消しても脳裏に浮かんでくる顔があるからだ。『彼』のことはもう忘れたはずなのに、四年経ったいまでも心を乱されてしまう。

「ほんっと、影響力強すぎ」

皿を洗いながら紗雪は苦笑する。

あの人は——秋月 蓮はそういう人だった。

立っているだけでその場にいる全員の視線をさらう。彼が話せば皆が耳を傾ける。たくましい長身に、整いすぎるほど整った男らしい顔立ち。よく通る声をして、リーダーシップをつねに取る立場ながら、思ったことが顔に出やすい人だった。怒った顔、心配する顔、ちょっとしたほほ笑みや困ったような顔、それから笑顔——。

笑顔がいちばん似ている。

耀太に。

だから自分はきっと、どんなに忘れようとしても、彼のことをずっと忘れられないのだろう。世界でいちばん愛しい息子は、あの人に生き写しなのだから。

「よし、皿洗い完了」

タオルで手を拭《ふ》いて、紗雪は耀太を振り返った。

「歯を磨いてお着替えして、保育園に行くぞー！」

「おー！」

小さな右手を上げて、耀太は笑った。


バタバタと登園準備を完了させて、耀太の足にスニーカーを履かせ、靴箱の上にある自転車の鍵を取った。

そこには防犯グッズも置いてある。ミストスプレーと伸縮タイプの警棒だ。防犯ブザーは持ち歩くようにしているし、そのほかにも玄関扉には補助錠を取りつけている。

女子供だけの暮らしは用心しすぎるくらいがちょうどいいのだ。

「ドロボウさん来たら、ヨウタやっつけるよ」

玄関から外に出つつ、耀太が胸を張って言う。

安普請の扉から紗雪が手を離すと、ギイと鈍い音を立てながら閉まった。玄関の先は砂利道で、奥に小さな駐輪場がある。

朝の冷気は身を切るような寒さだ。耀太の吐く息は白く、ふっくらした頬がりんごみたいに赤くなっている。

「お空にいるパパの代わりに、ヨウタがママを守るよ」

「ありがとう、耀太。頼りにしてる」

紗雪はほほ笑みながら耀太の頭を撫でた。嬉しそうにする耀太を前に、胸の奥がズキリと痛む。

(ごめんね耀太。嘘ついてごめん)

本当は、父親は空に行ったのではない。いまこのときも耀太の知らない場所で生きている。

それでも紗雪は、耀太に真実を伝えるわけにはいかなかった。なぜなら紗雪は耀太をひとりで産んだからだ。

耀太に父親はいない。自分だけが耀太の親だ。

（わたしがこの子を守っていくんだ）

耀太がこの手を離れて独り立ちするその日まで、自分ひとりで育てていく。

そう決めて、四年前のあの日、紗雪は荷物をまとめて夜空の下へ飛び出した。

「さむいねぇママ」

薄い庇《ひさし》のついた駐輪場で、からっ風に襲われた。身を縮める耀太を抱っこして、自転車の後部座席に乗せる。

「ほんと寒いね。自転車だと耀太が風邪引かないか心配だな。中古でいいから車買おうかなぁ」

「お熱はママが、いつも出すでしょ」

紗雪がチャイルドシートのベルトを締めていると、お説教の口調で耀太が言った。見ると耀太は、眉を寄せていかめしい表情を作っている。

紗雪は思わずほほ笑んだ。可愛い。

「そうだね、ママすぐお熱出しちゃうね。ごめんね」

「うん。ちゃんと気をつけてね。首元と足、あったかくね」

いかめしい顔つきも叱り口調も、全部紗雪のまねっこだ。

こんな可愛いお説教ならいくらでもされたいくらいである。

寒空の下、ほんわかした気持ちで紗雪は自転車を動かした。


保育園のあけみ先生に耀太を預け、懇談会の件を伝えて、紗雪は急いで帰路についた。

ウェブ会議開始の三分前に、リビングのノートパソコンの前に滑り込む。

会議用アプリにログインすると、六分割された画面に、平均年齢三十七歳の社員の面々が顔をそろえていた。

そのなかのひとりに、スーツを無造作に着崩した三十五歳の男性がいる。

その出で立ちから軽薄そうな印象を人に与える男だが、よくよく見れば、整った顔立ちと鍛えられた体つきをしていることがわかるだろう。ネクタイをきっちり締めて背すじを正すと、彼はほれぼれするほどの男前になるのだ。

その彼――夏目藤吾《なつめとうご》は、画面越しに意地悪な笑みを向けてきた。

「今日もギリギリだったなぁ、名取《なとり》」

「でも間に合いましたよ！」

別の窓でほかのメンバーが笑う。皆、在宅シフトもしくは取引先に直行直帰の社員たちだ。

「名取はママ業があるんですよ、社長」

画面右上で、四十路《よそじ》の男性社員が口を開いた。ビール好きの彼は、お腹がぽっこり出ている明るいおじさんである。

「少子化が問題になっているいま、子育てはもっとも尊い仕事です。ギリギリになるくらいどうってことないですって」

「社会人は五分前集合、これ鉄則でしょーが」

夏目はからかうような口調で言う。

「しかし子育てが尊いという説には同意する。よし、社会人の心構えに関しては、名取に変わってこの俺が、耀太に直々に教育してやろう」

紗雪は苦笑いした。

「それはすごくありがたいですけど、社長のゆるさまで耀太が学んでしまったらと思うと不安です」

「言うようになったなぁ、名取」

夏目は面白がるように笑った。

彼はIT系企業・株式会社アルファライズを立ち上げた張本人だ。社員数十三名という小規模経営ながら、三年前に開発したスマホ用アプリゲームを大ヒットさせた。以来会社は増収増益、飛ぶ鳥を落とす勢いで急成長のまっただなかにいる。

「耀太ちゃんに会いたかったわぁ」

そう言ってため息をつくのは妙齢の女性社員だ。紗雪と同じ経理課の先輩で、茶色の巻き髪がゴージャスな美人である。

どんな質問にも答えてくれるから仕事をする上でとても頼りになるが、唯一年齢だけは聞いてはいけない。アルファライズにおける暗黙のルールである。

「保育園に連れていくのは会議のあとにすればよかったじゃない。ね、これからそうしなさいよ名取ちゃん。そうしたら耀太ちゃんとおしゃべりができるわ。最近会社に連れてきてくれないから、可愛い成分が足りないのよね」

先輩の提案に、紗雪は笑った。

「じゃあ今度の機会にそうしますね。耀太も会社の皆さんに会いたいって言ってましたし」

「お願いね、楽しみにしてるわ」

「っし、世間話はそこまで。会議はじめるぞー」

社員たちは「了解です」と声をそろえた。

夏目の進行のもとで会議は滞りなく進み、十五分ほどで終了する。会議が短いことはアルファライズの長所のひとつだ。

皆が退出していくなかで、夏目が「名取、ちょい残って」と声をかけてきた。

「はい、なんでしょう？」

ほかのメンバーが全員ログアウトしたのちに、夏目は切り出す。

「最近どうよ、そっちの状況は」

「問題ないですよ。いつもどおりです」

紗雪は自販機で買っておいたホットコーヒーを口に含む。

夏目は頬杖をついた。

「そっちの近辺で最近事件が続いてるだろ。知らないの？」

「ああ、はい。続いていますね、物騒な事件が」

紗雪はうなずいた。

このあたりの戸建ては古い木造家屋が多い。

そういう家を狙って、町内で放火が三件ほど続いていた。すべて三ヶ月以内の出来事だ。

紗雪は別窓のウェブ検索で、事件についての記事を出した。

「ちゃんと用心はしていますよ。ただ戸建て住居ばかりを狙っているみたいなので、うちは大丈夫だと思います」

「悠長だなぁ、名取チャンは」

夏目はため息をついた。

紗雪は記事に目を通していく。

「悠長になんてしてませんよ。犯人がまだ捕まっていないから、ちゃんと警戒しています。夜は出歩かないようにしているし……といっても防犯対策はいつもしていることなので、普段と変わらないと言えば変わらないんですけどね」

「取り急ぎ、名取の在宅シフトをしばらく増やすわ。だから保育園のお迎えは日暮れ前に行くように」

「え？」

夏目からの唐突な提案に、紗雪はまばたきをする。

彼はもしかして、自分たち母子《おやこ》の身の安全のために便宜を図ってくれるつもりなのだろうか。

夏目はゆるんだネクタイを締めなおして、椅子にかけていた上着を取った。

「俺からは以上。なにか質問は？」

びっくりしたせいもあり、言葉がなかなか出てこない。

夏目はあっさり言う。

「ないなら会議終了な。もうすぐこっちに取引先が来るから、カメラ切るぞ」

紗雪は慌てて居住まいを正した。画面の前で深々と頭を下げる。

「ご配慮いただきありがとうございます。お言葉に甘えさせていただきます」

「うむ」

ニッと笑って、夏目は立ち上がった。ノリの軽いイケメン社長は、これだから社員からの人気が高いのだ。

ウェブ会議からログアウトして、紗雪は残りのコーヒーを飲み干した。

この近辺の治安があまりよくないことは、引っ越してくる前から織り込みずみである。が、連続放火事件はさすがに想定外だ。

ほかの地域に引っ越しするべきなのでは、という考えが紗雪の脳裏をよぎる。最初の放火が起きてから何度か考えたのだが、資金的にも時間的にもいまは余裕がない。

(どんなに早くても、耀太が小学校に入る時期になっちゃうだろうな)

ため息をついてから、紗雪は頭を切り替えた。

「さあ、仕事仕事」

紗雪の所属部署は経理課である。経理は冬の時期がいちばん忙しい。年末調整があるからだ。

気合を入れつつ専用のアプリケーションを立ち上げる。それから一気に集中し、気づいたら時刻は十三時を回っていた。

お腹が空腹を訴えはじめている。いったん切り上げて、昼休みを取ることにした。

伸びをして立ち上がり、昨夜の残り物を冷蔵庫から取り出す。

煮魚をレンジで温めていると、窓の外がにわかに騒がしくなった。なにかが大きく崩れるような轟音《ごうおん》がして、窓ガラスが震える。

紗雪はなにごとかと思い、ベランダの窓越しに外を覗《のぞ》いた。目に入った光景に愕然《がくぜん》とする。

冬の空へ向かって、黒煙がもうもうと湧き上がっている。

「えっ、なに？　火事……!?」

黒煙は、アパートに隣接した駐車場をはさんだところから上がっているようだ。

アパートから十メートルほど先の場所で、そこには一軒家がある。

窓を開けベランダに出て、黒煙の発生元に目を凝らした。

古い木造二階建ての内側から、炎がごうごうと踊っている。窓を突き破って上へ上へと噴き上がり、さらに勢いを増していく。

火事だ。紗雪は顔色を失った。

（火元は……まさか、これも放火？　こんなに近く、目と鼻の先で。犯人はまた逃げたの？　それとも放火じゃなくて、あの家の火の不始末？）

いろいろな考えが脳内をめまぐるしく駆け回り、紗雪の鼓動が激しくなった。燃え盛る炎と、それに呑《の》まれていく家屋を前にして、足元から震えが立ち上る。思わずベランダの柵から手を離して、よろめきながら一歩下がった。

炎の轟音の合間から、人々の騒ぎ声が耳に入ってくる。

内容はよく聞き取れなかったが、人の声を聞いて、紗雪は現実に引き戻された。

炎と煙に圧倒されている場合ではない。冷静にならなければと自分に言い聞かせ、柵をつかんでもう一度現場を見た。

家屋の周りに近隣住民が集まりはじめている。

炎を指差しつつうろたえている彼らの様子を目にし、大変な事態が起きていることを紗雪はあらためて認識した。

とにかくこの火事についての情報を集めることが先決だ。

（現場に行って、詳しい話を聞いてこよう）

着の身着のままで家を飛び出しかけた紗雪は、ドアノブを握ったところで動きを止めた。

「焦《あせ》ったらダメ。落ち着け、わたし」

再度自分に言い聞かせる。

冷静さがまだ足りていない。なにかがあったとき、耀太を守るのは自分しかいないのだ。

深呼吸して強張《こわば》った指をゆるめ、ドアノブを離した。室内に戻り、ダウンジャケットを羽織って、スマホとふたつ折りの財布をポケットに入れる。

玄関を出て、鍵をきちんと閉めてから、紗雪は足早に現場に向かった。

家屋を囲むのは駐車場と道路だったため、延焼は免れているようだ。

木が焼かれるときの焦《こ》げたにおいに紗雪は顔をしかめた。においが強すぎて、とっさに袖《そで》で鼻を覆ったくらいだ。

喧騒のなか、人々の最後列で家屋を見上げる。

火の勢いはさっきよりも強くなっているような気がした。熱風が巻き起こり、紗雪の頬に当たる。

「ひどい……」

炎に呑まれていく家屋を見ながら、紗雪は茫然とつぶやいた。

そのとき、前方の人波から「紗雪さん！」と声がかかる。

見てみると、紗雪よりいくつか年上のスレンダーな女性が小走りに近づいてきた。

近所に住む主婦で、紗雪のママ友・篠田《しのだ》香織《かおり》だ。

料理の最中に慌てて出てきたらしく、ジャケットの下からエプロンが覗いている。

ショートカットの似合うサバサバした性格で、紗雪にとって付き合いやすい友人だ。

「大変なことになったわね。紗雪さんのところは無事？」

心配そうに香織が尋ねる。

彼女には小学校一年生の娘がいて、その子は去年まで耀太と同じ保育園に通っていた。一緒に公園に行ったり、ランチをしたりする仲でもある。

紗雪はうなずいた。

「うちは大丈夫。あいだに駐車場があって助かったよ。香織さんのところは？」

「問題ないわ。うちは道路二本分離れてるから」

彼女は深刻な表情で、火事の現場を見上げた。

「どうやら放火みたいよ。留守を狙って家に忍び込んで、一階に火をつけたみたい。毛布だか、こたつ布団だかが狙われたんだって」

予想していたこととはいえ、『放火』という言葉に紗雪の背すじが寒くなる。

ちなみに香織は生まれたときからこの町内で暮らしていることもあり、情報通だ。

紗雪は尋ねた。

「例の連続放火魔なの？」

「その可能性が高いみたい。犯人は土地勘があるようだから、この近所に住む人じゃないかって話よ」

犯罪者が近くで暮らしていると思うと、不安がつのる。

紗雪は眉を寄せた。

「早く捕まえてほしいね。こんなんじゃ落ち着いて暮らせないよ」

「ええ。子供が巻き込まれでもしたらと思うと、気が気じゃないわ」

人々の喧騒や炎の轟音のせいであたりは騒がしく、香織との会話はいきおい大声になる。消防車のサイレンの音が近づいてきたこともあり、ますます会話がしづらくなってきた。

紗雪は声を張り上げる。

「この家の方、どういうお名前だったかな。ご無事なの？」

「伊藤《いとう》さんよ。ご高齢のご夫妻。朝から外出されているみたいだから無事だと思う。携帯を鳴らしても出てくれないらしくて、連絡がつかないんだって。本当に、ひどいことになっちゃって……」

香織は表情を曇らせた。

「このことを伊藤さんが知ったら、ものすごくショックを受けるわよね。帰宅したら家が燃えていただなんて、冗談にもならないわよ」

紗雪は神妙な面持ちでうなずいた。

そこへパトカーと消防車がやっと到着する。

警察官たちが降りてきて「離れてください！」と声を張り上げた。消防士らもやってきて、消火活動の準備をしはじめる。

紗雪と香織はその場から離れた。香織は消火活動の様子をハラハラした表情で見つめている。

紗雪はにわかに耀太のことが心配になった。

耀太はいま保育園だ。園にいるうちは、身の安全は確保されるだろう。問題は、迎えに行く時間帯である。

今日のお迎えは夕方六時の予定だ。

いまの時期、六時といえば外は真っ暗である。

耀太を連れて帰る途中、放火魔に出くわしてしまったらと思うと怖い。

ウェブの記事によると、放火犯は様子を見に現場に戻ってくることが多いらしいのだ。

「香織さん。わたし、明るいうちに耀太を迎えに行ってくる」

「ああ、それがいいかもね」

振り向いて、香織はうなずいた。

「わたしも今日は、下校時刻に小学校まで迎えに行こうかな」

「そうしたほうが安心だと思うよ」

じゃあね、とお互い手を振って、紗雪は小走りにアパートへ向かう。

駐輪場から道路まで自転車を引っ張ってきたとき、黒塗りのセダンが目の前に滑り込んできた。

このあたりでは見ないほどの高級車だ。

紗雪は思わず目で追った。

セダンは火災現場から少し離れた路肩で止まる。紗雪のいるところから、二十メートルほど離れた斜め右だ。

どうしてかひどく胸騒ぎがした。早く出発しなければならないのに、足が動いてくれない。

すれ違ったときにチラリと見たところ、車の後部座席にはスーツ姿の男性が乗っていた。運転席にもスーツの男性がいて、ハンドルを握っていたのを目にしている。

ここまでの高級車だから、運転席にいるのはお抱えの運転手なのかもしれない。後部座席にいた男性が大きな会社の重役であれば、ありうる話である。

そして紗雪は、社会的な立場のある男性をひとり知っている。

一瞬だけ見えた後部座席の男性が、その彼にひどく似ていた。

「紗雪さん、まだ出発してなかったの？　なにかあった？」

声をかけられて、紗雪は我に返った。振り向くと、香織が心配そうな顔をして近づいてくる。

紗雪は慌ててハンドルを握りなおした。

「大丈夫、なんでもない」

セダンの後部座席から人影が下りてくる。三十歳前後で長身の男性だ。

彼の姿を目にして、紗雪は息を止めた。鼓動が大きく波打つ。

サラリとした黒髪に、切れ長の双眸。男らしく引きしまった頬と、形のいい唇。その冴えた美貌は、混乱した現場においても人々の目を奪うほどのものだった。

仕立てのよさそうなスーツを纏《まと》う体躯《たいく》は、がっしりとして野性味がある。その一方で、怜俐《れいり》な顔立ちは頭脳派を思わせた。

紗雪はハンドルを握り込んだまま、一歩あとずさる。彼から目を逸らすことができない。胸の鼓動が痛いくらいになっていた。

男性は真剣な表情で、火事現場を見つめている。

運転席からもうひとり青年が降りてきて、彼に話しかけた。

「わあ、すっごいイケメン」

香織が感嘆のため息を漏らした。

「あのスーツの人、モデルかな。あんなにカッコいい人はじめて見た。隣に立ってる人もイケメンだけど段違いだわ。この辺の人じゃないわよね。伊藤さんのお知り合いかしら。それにしても、こんな現場に居合わせるなんて……」

紗雪はもう一歩後ろに下がった。

気づいて、香織が声をかけてくる。

「どうしたの、紗雪さん。顔が真っ青よ」

「わたし、今日のお迎えはこっちの道から行く」

自転車の頭を、男性がいるのとは反対側に向ける。この事態に混乱しながら、早くここから離れなければとだけ思った。

「そっちは遠回りじゃない？」

香織に返事をする余裕すらない。

（どうして彼がここに？　偶然通りかかっただけ？　それとも火事を見に来たの？　どんな理由で？）

ぐるぐると考えながら、サドルにまたがってペダルに足をかける。

その直後、背後で轟音が鳴り響いた。

驚愕して振り返ると、惨憺《さんたん》たる現場が目に飛び込んでくる。

家屋の柱が焼け折れて、二階部分が崩落したのだ。

あたりが騒然となった。消防士たちの怒鳴り声や、警察官の避難を呼びかける声が飛び交う。

「大変だわ……！」

香織は顔色を変えて、現場近くに駆けていく。

紗雪は立ち竦み、火災の光景を見つめた。視界の端に映り込んでいた男性が、ふとこちらのほうに顔を向ける。

紗雪がそれに気づいたのは一拍遅れてからで、視線が無意識に彼に吸い寄せられた。

目が合って、彼の唇が動く。

――『紗雪』と。

直後、弾かれるように紗雪は前を向き、自転車のペダルを踏み込んだ。逃げなければという衝動に体が突き動かされる。

「紗雪！」

明瞭な声が耳を打った。その声に、心臓を鷲《わし》づかみにされたような気がした。

（ああ、変わってない）

同じ声だ。あれから四年も経つというのに。

動揺して、ペダルを踏み損ねる。一方通行の十字路の手前で、うまく前進できずにもたついた。

「紗雪、待て！」

もう一度、声が聞こえた。今度はすぐ後ろからだ。

紗雪は焦って、思いきりペダルを踏み込んだ。

「待てと言っているだろう――、危ない！」

切迫した彼の声と同時に、自転車がグッと後ろに引かれた。

バランスを崩して転げそうになるところを、力強い片腕に抱き寄せられる。

目の前を、クラクションを鳴らした大型トラックが走り抜けていった。すぐ横でけたたましい音を立てながら、自転車がアスファルトに倒れる。

紗雪は茫然とした。

危なかった。あのまま進んでいたら、轢《ひ》かれていた。

「おまえは、本当に……！」

苛立《いらだ》ちの声が真上から降ってくる。

後ろから紗雪を抱き寄せたまま、彼は言葉をぶつけた。

「動くときはもっと後先を考えて動け！　怪我《けが》じゃすまないところだったんだぞ」

「……ごめんなさい」

自分の声がひどく遠い。

「ごめんなさい、蓮……」

つぶやきながら、涙が込み上げてきた。

（嫌だ、泣きたくない）

彼のことで、もうこれ以上心を乱したくない。四年前のつらかった頃に逆戻りしたくない。

彼は――秋月蓮は、紗雪を抱く腕に力を込めた。気持ちを落ち着かせるように、長く息をつく。

「……紗雪」

先ほどまでと違って、どこか切なげに響く声だった。

「怪我はないか。痛いところは？」

気遣う言葉に胸が締めつけられる。

紗雪は弱々しく首を振った。

「……大丈夫」

「そうか、よかった」

蓮は腕の力をゆるめた。

「乱暴な引き止め方をしてすまなかった」

視界の端に倒れた自転車が映る。

蓮がチャイルドシートをつかんで力ずくで止めてくれたから、事無きを得たのだ。

「助けてくれてありがとう」

つぶやくように告げて、紗雪は蓮の腕のなかから出ようとした。

彼はすぐに放してくれたが、間を置かずに質問してくる。

「このあたりに住んでいるのか？」

「ごめんなさい、急いでいるの」

目を逸らしたまま紗雪は言った。

蓮の向こう側で、火事の騒ぎはまだ続いている。紗雪が轢かれそうになったことに気づいた人は、香織を含めていないようだ。

沈黙が落ちて、それから蓮はぽつりと言う。

「髪、切ったんだな」

胸に痛みが走った。蓮の声音から寂しさが感じ取れたからだ。

紗雪は無言を通したままうつむいた。

彼は短く息をつく。

「急いでいるところを引き止めてすまない。紗雪を見つけて、まさかと思って、思わず追いかけてしまった。どうかしてたよ」

倒れた自転車を起こしながら、蓮は言う。

「それにしても、この寒いなか自転車で移動しているのか？　車の免許は持っていたはずだろう。どうして――」

不自然に声が途切れた。

思わず蓮に視線を向けると、彼は切れ長の目を見開き、愕然としていた。

視線の先にはチャイルドシートがある。

紗雪はしまったと思った。

先ほど蓮は、後部座席をつかんで自転車を止めてくれた。その最中は必死になっていただろうから、自分がつかんだのがチャイルドシートであることに彼は気づかなかったのかもしれない。

（最後まで気づかなければよかったのに）

紗雪は両手を握り込んだ。

「子供が……いるのか？」

蓮の視線がゆっくりと紗雪に移る。

「子供がいるのか、紗雪」

「違う」

間髪《かんはつ》入れずに紗雪は答えた。

「違うよ、あのときの子じゃない。わたしたちの子は堕したって、書き置きに書いたでしょう？」

「けれど、じゃあ」

落ち着きのない様子で蓮は言う。

「俺たちの子じゃないとしたら、いったい誰の？　紗雪、おまえ、俺から離れたあとにほかの男と」

「そうだとしても蓮には関係ないよ。わたしたちはもう、四年前に終わったじゃない」

冷静に突っぱねるはずが、声が震えてどうにもならなかった。

蓮はしばし沈黙する。やるせないような、もどかしさのある沈黙だった。

「そうだな。もう終わったことだ」

ぽつりとつぶやく。

静かな声に、あきらめが滲んでいるように聞こえた。

――『子供は堕しました。あなたとの関係は今日で終わりにします。さようなら』

これが四年前の夜に、紗雪が残した唯一のメッセージだ。

あれを書いた当時はまだ、紗雪は蓮を愛していた。その上で、別れを選んだ。

そしていまも、あのときの判断は間違っていなかったと紗雪は信じている。蓮のために、そしてなによりも耀太のために。

＊＊＊

あれは肌寒い秋の夜のことだった。

妊娠したことを蓮に告げた、その三日後だ。

彼の両親である秋月信一郎《しんいちろう》・淑子《としこ》夫妻が、紗雪のワンルームマンションを訪ねてきた。

約束のない唐突な訪問だったから、紗雪は戸惑った。

彼らと会ったことは一度もない。蓮と付き合いはじめて一年が経過していたのだが、両親への挨拶《あいさつ》はまだだった。

蓮と紗雪のあいだで、付き合って早々に結婚の話は出ていたものの、紗雪は仕事をまだがんばりたかった。だから婚約や両親への紹介などの具体的なことは、来年まで待ってほしいと蓮に伝えていた。

彼は了承してくれた。ただ両親には、結婚を考えている彼女がいることだけは知らせたと言っていた。

秋月信一郎は老齢ながら背の高い美丈夫で、顔立ちには蓮の面影があった。

淑子はややふっくらした体型で、おっとりした印象の女性だ。

ふたりとも年齢は六十前後のはずだが、実年齢よりいくぶんか老けて見えた。姿勢や表情に疲労がこびりついているようで、陰鬱《いんうつ》な印象があるからかもしれない。

(どうして突然わたしのところに?)

夫妻の様子からして、吉報を届けに来たとは思えなかった。

蓮になにかあったのだろうか。それとも、紗雪に対してよくないことを言いに来たのだろうか。

信一郎は玄関の内側で突然の訪問を詫《わ》びたのち、悲壮な表情で告げた。

曰《いわ》く、蓮との関係を今日限りにしてほしいと。

わけがわからず立ち尽くす紗雪に、信一郎はさらに続けた。

「わたしが社長を務める秋月工業に、巨額の損失が出ております。このままでは他社に吸収合併され、会社は事実上消滅します」

そのような話は紗雪にとって寝耳に水だった。

たしかに最近、蓮はいつにも増して忙しそうに仕事をしていた。

しかし業績が悪化しているという話は、聞いたことがない。

紗雪を心配させまいとして伏せていたことも考えられるが……。

（本当に、そんなに危ない状況なの？）

会社の経営危機について、蓮と夫妻の認識にズレがあるのではないか。

蓮は現状をそこまで深刻に捉えていないかもしれない。

そう疑ってしまうほど、最近の蓮はいつもどおりで、危機感を抱いているなど少しも感じられなかった。

その反面、秋月信一郎は青い顔で会社の窮状を訴えてくる。

「秋月工業は死ぬか生きるかの瀬戸際にいます。これを凌《しの》ぐためには、大企業である宝生《ほうしょう》グループに頼るしか道がありません」

宝生の名は紗雪も知っている。

有力な財閥のひとつで、金融や不動産業、重化学工業の分野まで幅広く手がける大手企業グループだ。

「宝生の現トップは、蓮のことを非常に気に入っています。ビジネスマンとしても、ひとりの男としても、有能な青年だと高く評価しているのです。ゆえに自分の娘の結婚相手にと、強く望んでくれています」

秋月工業を存続させるためには、蓮を宝生家の長女と結婚させることが最善にして唯一の道らしい。ふたりが結婚すれば、蓮は取締役の義理の息子となる。息子が社長に収まる予定の秋月工業を、宝生は見捨てないだろうという目算のようだ。

信一郎の語り口は真に迫っていて、真実味があった。

現状を見誤っているのは蓮のほうかもしれないと、紗雪は感じはじめた。

「宝生は『秋月工業を丸ごと吸収合併することはない』と言ってくれています。『秋月の主力である自動車関連事業部はそのまま残す』と約束してくれました」

紗雪は返す言葉を忘れたまま、信一郎の声をただ聞いていた。

「だから我々は蓮を、宝生の長女と結婚させます。勝手を申し上げているのはわかっております。蓮はわたしたちの言うことに耳を貸さない。そのため、名取さんと直接話をしに来ました。誠に申し訳ないが、あなたのほうから蓮に別れを告げていただきたいのです」

謝罪を口にしつつ、秋月信一郎はそう訴えた。顔色は蒼白ながら、決然とした意志を感じさせる。

その隣で淑子は、何度も頭を下げながら目に涙をためていた。

秋月工業を潰すわけにはいかない。

社員たちの生活のためにも。そして蓮のためにも。

繰り返し、信一郎はそう語った。彼の目も充血して赤くなっている。全身に纏わりつく疲労感と共に、彼の窮状がいかに過酷なものかを表していた。

紗雪はひと言も口をはさめずに立ち尽くしていたが、やがて足元から震えがきた。

焦燥《しょうそう》感と恐怖が立ち上ってくる。

自身のお腹に腕を回したのち、首を振った。

「できません。別れるなんて、できないです」

蓮を愛している。

蓮も自分を望んでくれている。

そして、この身は蓮の子を身ごもっている。

だから別れられない。

紗雪は上ずった声で、必死に説明した。

「お腹に彼の子供がいるんです。結婚の約束もしました。だから別れられません」

『子供』というフレーズを聞いて、夫妻は絶句した。

その様子を見て、彼らは子供のことを蓮からまだ聞かされていないのだと悟る。

指先が震えて、ひどく冷たくなった。

このお腹の子は夫妻にとって初孫だ。

本来ならば孫ができたことを喜ぶだろうし、祝いもするだろう。

しかし彼らの表情に現れたのは、驚愕と絶望だった。

それを見て、涙が込み上げてきた。祖父母から存在を喜んでもらえないこの子がかわいそうで、胸が引き絞られた。

「どうか。どうか、今回は」

信一郎は玄関で突然土下座をした。

紗雪は息を呑む。

「どうか今回は、お腹の子をあきらめてください……！」

紗雪だけでなく、淑子も愕然と目を見開いた。「あなた」と呼びかけながら、崩れるように膝を折って夫の肩に手を置く。

「あなた、そんな。そんなこと言わなくたって」

しかし信一郎は淑子の声を無視して、紗雪を必死に見上げてきた。

「お金はお渡しします。子供をあきらめていただくための費用は全額負担いたしますし、その後数年の生活費もお渡しします。お望みなら慰謝料も……！　ですから、何卒、何卒お許しください」

頭のなかが真っ白になった。衝撃のあまりなにも考えられなくなる。

(子供を、この子をあきらめる? いったいなにを言っているの、この人は)

紗雪の両手は、無意識にお腹の上に移っていた。

それを目にして、淑子が必死に言いつのった。

「ごめんなさい名取さん。この人はいま、ひどく錯乱しているのです。だからこんなにひどいことを口にして」

「本当に、ひどいわ」

ぽつりと紗雪はつぶやいた。

ひどい。

このひと言に尽きた。

紗雪は震える声で「お引き取りください」と告げた。信一郎は「明日またお願いに上がります」と言い、淑子は謝罪の言葉を再三口にしていた。

扉が閉じられ、足音が遠ざかる。

紗雪は玄関に長いあいだ立ち尽くしていたが、ふと気がついて鍵をかけた。

金属音がいつもより大きく聞こえる。胸に冷たい重しを落とされたような心地がした。

どうしよう、とまず思った。

落ち着かない動きで、スカートのポケットからスマホを取り出す。ところが、手が震えているせいで三和土《たたき》に落としてしまった。

慌ててしゃがみ込んで拾う。壊れていないようでほっとした。

(蓮に連絡しないと)

しゃがんだまま紗雪は思った。

(ご両親が訪ねてきたことを伝えて、相談しないと)

震え続ける指先で受話器のアイコンをタップしようとして、動きを止める。

蓮に相談する。秋月夫妻が紗雪に告げたことを、伝える。

その内容とは、夫妻が蓮と別れるよう懇願してきたことだ。蓮を宝生グループの令嬢と結婚させる。それが、秋月工業が生き残る唯一の方法だということだ。

だからお腹の子をあきらめるように、と。

それを蓮に伝えるのか？ 伝えたらどうなる。蓮の性格上、彼は両親に怒りを覚えるだろう。子供を堕すよう言ってきた父親に対しては、激怒するかもしれない。

父子《おやこ》が──現社長と次期社長のふたりが険悪になったら、会社の運営はどうなる？

傾きかけて、いまにも吸収合併されそうな会社にとって、致命的な事態になってしまわないだろうか。

それにもし蓮が、宝生ではなく紗雪を選ぶと言い出したら。紗雪の気持ちだけを考えたら喜ばしいことかもしれない。

でも、秋月工業にしてみれば喜ばしいとは真逆の事態だ。

宝生グループの援助を得られず、社長と次期社長は険悪になっている。そのような状況下で、秋月工業はどうなるだろう。

(わたしが蓮にすべてを伝えたら、会社は潰れてしまうかもしれない)

しゃがみ込んだまま、紗雪は動けなくなった。まばたきすらできずにいた。

会社が潰れるのはダメだ。

たくさんの苦しみを生んでしまう。

会社の経営が傾く事態を、紗雪はかつて経験していた。正確に言えば紗雪の両親がだ。

紗雪の父親は零細企業の社長だった。不景気の折に資金繰りに苦しみ、なんとか立てなおしたものの、四十歳という若さで病死した。連日の過重労働とストレスによって、脳梗塞を発症したのである。

紗雪が五歳のときのことだ。

その後母は、女手ひとつで紗雪を育て、なおかつ会社経営に心血を注いだ。

母が亡くなったのは紗雪が十二歳のときだ。これも、過重労働による脳疾患が原因であった。

紗雪は遠方の祖父母に引き取られた。

祖父母は優しい人たちで、紗雪は心穏やかに暮らせた。

それでも両親を早くに亡くした悲しみは、紗雪を内側から何年も苛《さいな》んだ。寂しい、悲しい、お父さんとお母さんに会いたい……そんな苦しい思いを抱えて紗雪は生きてきた。

祖父母もいまは鬼籍に入っており、身寄りのない紗雪は天涯孤独の身となっている。

大人になって毎日を忙しく生きているうちに、家族を思い出す時間はたしかに減っていった。けれどふとした瞬間に、あのときの悲しみに襲われることもある。

紗雪の人生は、父の会社の経営が傾いたところから一変してしまった。

父の会社が好調だったら、両親の死を若くして経験することはなかった。喪失感を抱えることもなく、なに不自由なく暮らしていけた。

会社の経営不振が、すべてを変えてしまったのだ。

こうした苦しみが次に蓮を襲うかもしれない。そしてお腹の子までもを。

それはダメだ。

紗雪は震える息を大きく吐き出した。涙がひと粒こぼれて、そうしたら、次々と瞳からあふれてくる。

蓮が好きだった。

大好きだった。

蓮の子を身ごもって、これまでの人生でいちばん大きな幸せを感じた。

嗚咽《おえつ》が漏れる。お腹の子を守るように丸くなり、扉を背にして泣いた。

(わたしがこの子を守らないと)

望まれ、祝福されながら、赤ん坊は生を享《う》けるべきだ。

この子にはそうあってほしい。

けれど秋月家ではそれが叶わない。秋月家にとって、この子はいないほうがいい存在なのだから。

お腹の子を守る。

秋月工業は潰させない。

このふたつを叶えるために、紗雪の取る行動はひとつだった。スマホを握り込み、立ち上がって心を決める。

そして紗雪は蓮の前から姿を消した。別れの書き置きを残して。

＊　＊　＊

「そう。もう終わったの」

過去を振りきるようにして、紗雪は蓮をまっすぐに見返した。

「わたしの子供のことは、蓮には関係ない。だからわたしたちのことは放っておいて」

自転車を返してもらおうと、紗雪は手を伸ばした。

しかし蓮は渡す気配を見せない。

「放っておきたいのは山々なんだがな」

苛ついた口調で言いながら、あたりを見回す。

「駐輪場はどこだ？」

「あそこだけど……」

アパートの前にある駐輪場を指差してから、紗雪は後悔した。

あのアパートが住居だと教えたのと同じではないか。

自分が思っているほど冷静になれていない。紗雪は心を落ち着かせるために深呼吸をした。

蓮は言う。

「子供について話を聞きたい。ここで少し待っていてくれ」

蓮は十メートルほど先にある駐輪場に自転車を停めて、こちらに戻ってきた。

この数十秒のあいだに逃げ出すこともできたが、住居を明かしたあとではどうにもならない。

蓮はあらためて紗雪を見つめた。

「これからどこに行こうとしていたんだ?」

「保育園よ」

変に嘘をついて墓穴を掘りたくない。

素直に答えると、蓮は食いついてきた。

「それなら俺も連れていってくれ。このままじゃ納得できない。子供に一度会わせてくれたらそれでいい」

「勝手なこと言わないで」

「ひと目見て俺の子じゃないとわかったら、これ以降二度とおまえたちに関わらない。

約束するよ」

紗雪は青ざめた。

耀太は蓮にそっくりだ。ふたりは親子だと、誰が見ても気づけるほどに。

蓮の車がいつのまにか、すぐ近くに停められていた。運転手が蓮に気を利かせたのかもしれない。

紗雪は焦りながらも頭を回転させて、蓮を止めるための方法を模索した。

「そうだ、チャイルドシートがいる。子供は三歳だもの、チャイルドシートがないと車に乗れないよ。蓮の車には置いてないでしょう？　だからむりだよ」

「チャイルドシート？」

蓮は眉を寄せた。

これで彼の同行を阻止できる。紗雪はほっとした。

一方で蓮は助手席の窓を叩き、運転席の男性にトランクを開けるよう指示している。

それから車の後ろに回り、なかを確認した。

「紗雪、見てみろ」

蓮が手招きしている。

怪訝《けげん》に思いながら隣に行く。覗いてみると、トランクのなかには大小さまざまな箱が積まれていた。カーパーツやカーアクセサリーのようだ。秋月工業の商品らしい。

そのなかに、ひと際大きな段ボールがある。

書かれている商品名を読んで、紗雪は目を丸くした。チャイルドシートだ。

「運は俺の味方のようだな」

笑い混じりの声に、紗雪は言葉もない。

「これはサンプル品だ。サンプルといっても、店頭の商品と性能は同じだから問題ない。いつも積んでいるわけじゃないから、今回はまったくの偶然だよ」

たしかに運は蓮の味方のようだ。紗雪は唇を噛む。

蓮がトランクを閉めた。

「保育園に着いたら座席に取りつけるよ。いまは車に乗ってくれ」

「嫌だって言ったじゃない」

白い息を吐きながら、紗雪はしつこく拒否した。蓮に耀太を見られたら、彼の息子だと気づかれてしまう。その事態は避けたい。

緊張と寒さで体が震える。

蓮は舌打ちをして、自分のスーツコートを脱いだ。

それを紗雪の肩にかけて、体をすっぽりと包む。ぬくもりと彼の匂いを感じて、紗雪の息が止まった。

「顔色が悪い」

叱るように蓮が言う。

「さっきからずっとだ。体も震えてる。こんな状態で自転車移動なんかしたら、また熱を出すぞ」

紗雪はもうなにも言えなくなった。

蓮が後部座席を開ける。

「乗れ。暖房が効いている」

抵抗できなくて、紗雪はぎこちなくシートに収まった。

すぐに蓮も乗り込んできて、扉を閉める。有無を言わさない口調で聞いた。

「保育園の名は？」

紗雪は観念した。こうなってしまった以上、蓮を保育園に連れていかざるをえないだろう。我を通すと決めた蓮ほど、手に負えないものはないのだ。こういうところも四年前と変わらない。

蓮を保育園に連れていくことは、彼が耀太の姿を目にするということだ。自分に瓜ふたつだと蓮が気づき、己の子だと知ってしまうことも、同時に覚悟しなければならない。

紗雪にとって避けたい事態だが、ここは甘んじて受けるよりほかに手はないだろう。

蓮を保育園に連れていくのを拒否したら、彼は別の方法で耀太のことを調べようとするかもしれない。

そこのアパートに住んでいる子供だとわかっていれば、情報を集められる。耀太の写真くらい、簡単に手に入るかもしれない。

自分の知らないところで蓮に動かれるのは困る。状況が見えないからだ。

逆に、紗雪のほうから耀太の情報を明かせば、少なくとも蓮の動きや反応を把握できる。

いずれにせよ耀太を蓮の子だと――秋月夫妻の孫だと認知させるわけにはいかない。

耀太の存在を拒否した人たちに、耀太を近づけたくない。

紗雪は心を決めて、蓮に伝えた。

「佐久山《さくやま》保育園よ」

彼はうなずき、運転席に短く声をかける。

「行き先はそこだ。出せ」

「かしこまりました」

聞き覚えのある声が運転席から返ってきたので、紗雪は驚いた。

「佐伯《さえき》さん?」

「おひさしぶりです、名取さん」

運転手は——佐伯拓真《たくま》は、バッグミラー越しに目礼した。

以前から無表情で無愛想な男だったが、それはいまでも変わっていないようだ。怜悧な美貌に無機質なシルバーフレームの眼鏡《めがね》をかけているため、余計に近寄りがたい印象がある。

「今年度から俺の秘書につけたんだ」

蓮が言った。

そう、たしか四年前は、蓮と同じ部署の同僚だったはずだ。

仕事帰りにデートするとき、秋月工業の近くで待ち合わせることがあった。

その際佐伯と顔を合わせる機会が何度かあったから、よく覚えている。美形のふたりは目立つ存在で、紗雪は気後れしたものだ。

車は滑るように走りはじめた。

蓮は腕を組み、表情を押し殺した顔で前を見ている。

紗雪は彼をそっと窺《うかが》った。

尊大な態度や強引さは四年前と同じだ。身長や体型もそれほど変わりないように見える。それでもどこか、大きくなったような印象を受けた。貫禄がついた、と表現するのが正しいのかもしれない。

父親の跡を継いで蓮が社長に就任したのは、たしか二年前だったはずだ。この貫禄は、社長になったことから得られたものかもしれない。

「なにを見ている」

蓮が気まずそうに視線を向けてきた。

紗雪は慌てて目を逸らす。

「ごめんなさい」

「別に、怒ったわけじゃない」

ぶっきらぼうな声が返る。

さらに気まずくなって、紗雪は彼のスーツコートを肩から下ろした。

「これ、ありがとう」

車内は充分暖かい。身を切るような寒さのなか自転車を走らせることを思えば、天国のような環境だ。

受け取って、蓮は聞いた。

「どうして車を使わないんだ？」

「維持費もばかにならないし、駐車場代もかかるし……。真夏と真冬さえ乗りきれば、自転車のほうが気持ちいいよ。軽い運動にもなるしね」

後半にかけて、わざと明るい口調で言った。

しかし蓮の表情に厳しさが増す。

「子供とふたり暮らしなのか？」

紗雪は迷った。どこまで情報を明かしていいのだろう。

けれど保育園に着けば、耀太が蓮の子だと知られてしまうのだ。紗雪はごまかすのをやめた。

「そうだよ。ふたりで暮らしてる」

蓮は押し黙った。張り詰めた沈黙ののち、小さく尋ねる。

「子供の父親は、いまどこにいる？」

「……答えたくない」

こうとしか返答のしようがない。耀太が姿を現せば露見することでも、自分の口から打ち明ける気にはなれなかった。

蓮はもどかしげに奥歯を噛みしめた。もっと強く問い質《ただ》したいのを、こらえているのかもしれない。

やがて彼は長く息をついた。話の向きを変えてくる。

「子供とふたり暮らしか。住居はあのアパートだったよな。セキュリティが万全とは言えないような造りに見えたぞ。大丈夫なのか？」

紗雪は言葉に詰まった。

蓮はさらに畳みかけてくる。

「まさか、家賃が安いからといって一階の部屋を借りているなんてことはないよな？　空《あ》き巣からいちばん狙われやすい場所だぞ」

まさに蓮の指摘どおりである。

紗雪は答えづらいながらもうなずいた。

「そうだけど、防犯には念を入れているよ」

「なんだって？」

信じられないとでも言うように、蓮は批難の目を向けてきた。

「防犯意識が低すぎるぞ」

「立地と家賃のバランスを考えるとあそこしかなかったの」

紗雪が反論すると、蓮は顔をしかめた。

「だとしても危険すぎる。その上火事現場の目と鼻の先じゃないか。あの火事は例の連続放火事件のひとつだろう。さっさと引っ越したほうがいい」

「あのね、蓮。思い立ってすぐに引っ越しができる人と、できない人がいるの。それくらいわかってよ」

「できないなら、誰かを頼ればいいだろう」

親類縁者のいない自分に、頼れる伝手《つて》はほとんどない。

紗雪は当たり障りなく告げた。

「大丈夫、気にしないで。ちゃんと考えてるから」

蓮は渋面のまま黙り込んだ。

沈黙が訪れたので、紗雪は思いきって質問をぶつけることにする。

蓮の家庭についてだ。

「わたしの子を見たいって蓮は言ってたけど、本当にいいの？」

「え？」

蓮はこちらを見た。紗雪は続ける。

「いまさら自分の子供かもしれない子に会いたいだなんて。蓮の奥さんに知られたら問題になるんじゃない？」

蓮は宝生グループの取締役の娘と、結婚したはずだ。

なぜなら秋月工業は潰れていない。潰れるどころか、絶好調だという印象がある。

秋月工業の情報を目に入れないようにしている紗雪でも、あちこちでその名を見聞きする機会があるくらいだ。今朝見かけたようなテレビCMを数多く打てるのも、資金が潤沢にある証拠だろう。

紗雪の問いに、蓮は目を見開いた。それから皮肉げに笑う。

「奥さん？　俺の？」

紗雪は戸惑った。

蓮の左手に目を落とすと、そこには指輪がない。家に置き忘れてきたのだろうか。

「だって蓮は、宝生グループのご令嬢と結婚したんでしょう？」

「結婚はしていない」

端的な回答に、紗雪は眉をひそめる。

「でも蓮のご両親は、そう言っていたよ。蓮は宝生の娘さんと結婚させるって」

「この俺が、親の決めた女と結婚すると本気で思っているのか？」

紗雪は言葉に詰まった。蓮は目を眇《すが》める。

「俺が結婚したいと思った女は、あとにも先にもひとりだけだ」

紗雪はさらになにも言えなくなった。

蓮は、嘲笑《あざわら》うように低い声で告げる。

「それが誰なのか、おまえにわかるか？」

「わ、わからな――」

とっさに首を振ろうとしたら、強引に顎をつかまれた。そのまま上向けられ、強い視線を真正面から受ける。

「でももう終わったことだ。そうだろう？」

低く冷淡な声で告げられて、紗雪の身が強張った。

間近で見る蓮の双眸には、煮え滾《たぎ》るような怒りがある。

蓮は怒っている。四年前、結婚の約束をしたにもかかわらず、書き置きだけを残して姿を消した。そんな紗雪に腹を立てているのだ。

紗雪の指先が小さく震え出す。

彼に恨まれるのは承知の上で、あの夜紗雪は逃げ出した。けれどこうして彼の怒りを正面からぶつけられると、全身が慄《おのの》いてしまう。

紗雪が怯《おび》えていることに気づいたのか、蓮は小さく舌打ちした。顎を放し、窓に肘《ひじ》をかけて外に視線を投げる。

「四年は長かった。俺も、紗雪との時間を忘れた。気にするな」

紗雪はなにも言葉にできなかった。まだ震え続けている指先を、そっと握り込む。

蓮がこちらをゆっくりと振り返った。

「さっきの話の続きだ。俺は結婚していない。宝生のご令嬢とのことは、俺の両親から聞いたんだな？」

紗雪はぎこちなくうなずいた。

蓮は目を伏せるように、頭を下げる。

「親を止められなくてすまなかった。ふたりの動きを予測できなかった俺の落ち度だ」

「……蓮のせいじゃないよ」

紗雪は首を振った。彼の潔さに追い詰められる。

蓮は続けた。

「四年前のあの夜、外出先から帰ってきた俺の両親はひどく動揺していた。とくに母親が取り乱していて、『どうしてあんなことまで言ったの』とかなんとか言いながら父を責めていたんだ。父はうな垂れながら『仕方がなかった、ああ言うしかなかった』とばかり繰り返していた」

当時をなぞるように、視線を窓の外に戻しながら蓮は言う。

母親が父親を責めたのは、堕胎についての発言だろう。妻からの非難に対して、夫は『仕方がなかった』ですませたのか。

「両親を見てただごとではないと感じて、なにがあったのかを聞き出したんだ。父は疲れきった様子で教えてくれたよ。紗雪のところに行って話をしてきたと。紗雪の住所は、送ってくれた年賀状から知ったらしい」

あの頃、翌年あたりに秋月夫妻のところへ挨拶に行く計画を、蓮と立てていたところだった。そのため礼儀として、年賀状をしたためたのだ。

「父は紗雪に、会社の窮状と、宝生グループからの救済措置について説明したと言っていた。そして俺と宝生のお嬢様を結婚させるから、俺と別れてほしいと頼んできたとな」

言いながら、蓮は眉を寄せた。彼にとって忌まわしい記憶のようだ。

「俺は笑ったよ。ありえないと。紗雪が俺と別れようとするはずがない。そう思って、両親を笑った」

暖かい車内にいるというのに、自身の指先が冷えていくのを感じる。

あのとき紗雪は、蓮の思いと真逆の行動を取った。

「宝生との婚約話は以前から出ていたんだ。パーティーで宝生さん――令嬢の父親と話す機会があってね。俺のことを気に入ってくれて、宝生傘下の企業に来ないかとか、娘と結婚して義理の息子になってほしいとか、いろいろと言われたよ。すべて受け流していたけどな。俺は秋月工業を継ぐつもりだったし、結婚したい相手はすでにいたから」

「……。そう」

紗雪はぽつりと言った。胸に湧き上がるのは罪悪感だ。

喉がカラカラになっているせいで、ひどく乾いた声になってしまう。

「宝生との結婚話が本格的になりはじめたのは、紗雪がいなくなる三ヶ月くらい前だ。両親が、会社のために頼むと言ってきたんだ。俺は拒否したよ。少なくない損失が出ていたのはたしかだが、起死回生の策はちゃんとあった」

当時、会社の窮状を蓮が紗雪に伝えなかったのは、ここに理由があったのだろう。

蓮には会社を立てなおす自信があったのだ。

「他社から力を借りるまでもないと俺は思っていたし、実際にそうだった。ましてや政略結婚だなんて、ばかげている。目算が外れていたのは父のほうだったんだよ」

それでも父親は、息子の策より自分の予測を取り、宝生グループに縋《すが》った。息子と令嬢の婚姻が会社を救うと信じたのだ。

だからといって、紗雪の気持ちが変わることはない。蓮の父が発した言葉は取り消せないからだ。

そして秋月工業の業績が、今後も順風満帆でい続けられるという保証はどこにもない。会社がふたたび傾いたとき、自分では宝生家のように蓮を支えられない。

だというのに身のほど知らずにも、蓮に恋をしてしまった。彼と共に生きたいと願ってしまった。自分は最初から間違えていたのだ。

それでも耀太という命を授かれた。

そこに大きな意味があったのだと紗雪は思う。

「両親には、俺が結婚するのは紗雪以外考えられないとはっきり伝えていた。口論になったときもあったが、絶対に折れなかった。紗雪と結婚すると決めていたから、こういった内情をおまえに伝える必要もないと思っていた。心配をかけるだけだからな。

……けれど、伝えておいたほうがよかったかもしれないと、あのとき感じたよ」

蓮の声が心に突き刺さってくるようで、紗雪は息苦しさを覚えた。

「あの夜紗雪が消えて、俺の世界は百八十度変わってしまった。正直に言うと、しばらくは引きずったよ。両親の話を聞いてすぐ、紗雪のマンションに駆けつけて、書き置きを読んだ。あんなひどい文面を、何度も何度も読み返して、こんなことは嘘だと否定した。おまえを必死で探したけれど、この広い東京のどこをどう探せば見つかるのかさっぱりわからなかった。おまえは携帯を解約して、会社を辞めて、引っ越して、完全に俺の前から姿を消してしまったんだ。自分の意思でな」

ごめんなさい、という言葉が喉元まで出かかった。いくら耀太を守るためだとはいえ——そして秋月工業を潰させないためだったとはいえ、蓮に対して自分はひどいことをしたのだ。

だからこそ、ここで謝罪するのは、ただの自己満足だ。

「紗雪が消えて、絶望して、あきらめた。そして忘れた」

低い声で、淡々と蓮は言った。

「しょせん、親から別れてくれと言われたくらいで、俺をあっさり捨てていく女だったんだと。嘘か本当かわからないが、子供を堕すと言ってまでな」

蓮は知らないのだ。このとき紗雪はそう直感した。

父親が堕胎について言及したことを知らない。

あまりにひどい言葉だったので、彼の両親はそれを蓮に告げるのをためらったのだろう。

紗雪も蓮に告げるつもりはなかった。子供を堕胎しろと迫る男が自分の父親だなんて、そんな残酷なことを蓮に言えるはずがない。

そして紗雪自身の両親に関することも、蓮は知らない。紗雪が教えていないからだ。紗雪にとって、両親の思い出や死についてのことは、不可侵の領域だった。トラウマに近いのかもしれない。自分でもふれるのを躊躇《ちゅうちょ》する領域なのに、それを人に知らせる言葉を紗雪は持たなかった。

それまで黙りこくっていた運転席から短く声が発される。

「着きました。保育園です」

気づけば、園に隣接する駐車場に停まっていた。

息詰まるようなやり取りから抜け出るような心地がする。

蓮も同じだったらしく、肩から力が抜けていた。

「子供を連れてくるから少し待ってて」

ドアノブに手をかけながら、紗雪は言った。

「今日はお車で帰るよ」

紗雪の言葉に、耀太は嬉しそうな顔になる。

「社長のおじちゃんのお迎え?」

耀太の言う『社長のおじちゃん』とは夏目のことだ。夏目は『暇つぶし』と称して、耀太の迎えを代わってくれることがたまにある。

紗雪はほほ笑みつつ首を振った。

「ママが昔、お世話になった男の人だよ。ちゃんとご挨拶できる?」

「うん、ヨウタちゃんとできるよ」

耀太はきまじめにうなずいた。

園のエントランスの階段を下りながら、紗雪は「よーし、えらいぞ」と帽子越しに頭を撫でる。

耀太ははにかんだ。

やはり笑顔がいちばん似ている。ここまで蓮に似ていれば、ごまかせないだろう。

覚悟はもうしている。その上で紗雪は、心のなかで身構えた。

蓮が耀太を自分の子供だと認識したとする。そこで万が一、耀太を認知したいと申し出てきても、断固として拒絶しよう。

蓮との関係は四年前に終わっている。

耀太は自分だけの子だ。ひとりで産んで、ここまで育ててきた。耀太ほど、いまの紗雪を支えてくれている存在はいない。

だからこそ耀太には、心穏やかでいられる環境にいてほしかった。それは秋月家とは関係のないところ。耀太を否定する人がいない場所だ。

紗雪は一度深呼吸をした。耀太の手を引きながら、駐車場に向かう。

この時間のお迎えは珍しいようで、保護者の誰ともすれ違わなかった。駐車場に停まっているのも、蓮のセダンだけだ。

蓮はチャイルドシートの取りつけを終えたらしく、佐伯と共に車の外にいた。こちらに気づいて、佐伯は運転席に戻る。

蓮に一歩近づくたびに動悸《どうき》が速くなっていく。

手をつないでいた耀太が、紗雪に尋ねた。

「あのお兄さん？」

「うん、そうだよ」

乾いた声で紗雪は答えた。

顔が見える距離まで近づくと、蓮は大きく目を見開いた。絶句し、立ち尽くしている。

目の前まで来て、耀太が礼儀正しくペコリと頭を下げた。

「こんにちは、おにいさん」

蓮は言葉を返せない様子だった。

驚愕をここまで表した彼を見るのははじめてだ。紗雪は強張るまぶたを一度閉じ、呼吸を整えてから目を開いた。

「名取耀太というの。シートに座らせてもいい？」

聞くと、蓮がハッとしたように身動きをした。「ああ」という答えを聞いて、紗雪は耀太を抱っこし、後部座席のチャイルドシートに乗せた。

紗雪自身は三人がけのまんなかに身を落ち着ける。右隣の耀太を見ると、はじめての車に緊張した面持ちをしていた。

安心させるために「ピカピカの車だね」と声をかけていたら、左隣に蓮が乗り込んできた。

扉が閉められ、静寂が訪れる。

チラリと目を上げると、バックミラー越しに佐伯の顔が見えた。いつも無表情の彼が、衝撃を露わにしている。

やはりそれほどに似ているのだ。

紗雪は現実を突きつけられた気がした。気をしっかり持たなければと、膝の上で両手を握りしめる。

「出してください、佐伯さん」

いつまでも発進しない運転席に、紗雪は告げる。冷静な声になるよう心がけた。

佐伯は我に返ったように姿勢を正し、アクセルを踏んだ。

ゆるやかに進みはじめた車内で、最初に言葉を発したのは蓮だった。紗雪を通り越して、耀太を視界に入れながら口を開く。

「……こんにちは」

口の端が引きつっていたけれど、蓮はなんとかほほ笑んでいた。

「こんにちは、耀太くん。俺は蓮というんだ」

「レン……さん？」

「ああ、そうだよ」

まだ緊張した面持ちの耀太に、蓮はうなずいた。

自分をはさんで行われるやり取りに、紗雪は緊張を強いられる。蓮の顔が見られなくて、耀太ばかりに視線を向けてしまう。

蓮に優しく語りかけられて、耀太は少し安心したようだった。おずおずとした口調で尋ねる。

「レンさん、ママのお友達？」

「……そうだよ」

蓮の声に、わずかな切なさが滲んだ。

「ママのお友達だ。耀太くんは——耀太は、ちゃんとおしゃべりができてすごくしっかりしているな」

褒《ほ》められて、耀太は嬉しそうに頬を染めた。

「ヨウタね、ひらがな読めるよ」

「そうなのか。すごいじゃないか」

「うん。ママに絵本読むの」

「ママと仲よしなんだな」

見なくても、蓮がいまどういう表情をしているのか紗雪にはわかった。愛情のこもった温かい声だったからだ。

蓮は昔からそうだった。意外にも子供好きで、小さい子を前にすると相合を崩し、相手をしはじめるような人だった。彼はよい夫以上によい父になるだろうなと、紗雪は感じていたものだ。

いまとなってはそのことも、胸を切なく痛める要因にしかならないのだけれど。

耀太は無邪気に笑う。

「うん、仲よしなの」

「耀太はママが大好きなんだな」

「そう、ママ大好き」

嬉しそうに耀太は言った。

紗雪の胸の内が、あらゆる感情でいっぱいになる。その感情のなかには、罪悪感も含まれていた。

蓮には耀太との関わりがなにひとつないというのに、耀太の言葉から窺えるのは母親への愛情ばかりだ。

「耀太の――」

蓮の声に緊張が滲んだ。

続いて彼が発した言葉に、紗雪は凍りついた。

「パパはいまどこにいるのかな?」

「パパはお空にいるの」

悪意なく発せられた耀太の返答に、車内の空気が止まった。

「パパはお空で、ヨウタとママをいつも見守ってくれているの」


蓮が「佐伯」と告げたのは、その数分後だった。

「はい、社長」

「このまま俺のマンションに向かってくれ。三七五番地のマンションだ。わかるな？」

「かしこまりました」

佐伯は短く答えた。行き当たった交差点を左折する。

紗雪は蓮のほうを振り向いた。

「待って、わたしのアパートはそっちじゃない」

「知っている」

吐き捨てる口調で蓮は言った。

ひりつくような怒気を受けて、紗雪は息を呑む。

「そんなことは知っている。けれどこのまま帰すわけにはいかない」

「蓮、だけど」

「納得できると思うか？」

引き絞るように言って、蓮は奥歯を噛みしめた。蓮の目は前を向いていて、紗雪のほうに向けられてはいない。けれど押し殺した激情を、肌で感じられるほどだった。

「こんなことを納得できると思うのか、紗雪は」

紗雪は金縛りにあったように動けなかった。

スーツの両膝の上で、蓮の拳が握りしめられている。

「……話がしたい」

過剰なくらい自信満々で、いつも前を見つめて、紗雪の手を引いてくれた。そんな強い蓮の姿は、いまここになかった。

震える声で、紗雪を見ないままに彼は言葉を重ねる。

「話を聞かせてくれ。今日の仕事は早めに終わったから、時間はある。俺を納得させろとは言わない。せめて、言い訳をしてくれ。おまえがこんな最悪の嘘をつくに至った、言い訳を」


蓮の言う『三七五番地のマンション』とは、都内にある高級タワーマンションのことだった。保育園から車で十五分ほどの、比較的近い距離だ。

車窓からマンションを見上げて紗雪は驚いた。天にそびえるようなこの建物の存在を、以前から知っていたからだ。

この一帯は坂の上の小高い場所にある。見晴らしのいい眺望を望めることもあり、地価が高かった。おまけに治安もいい。坂の上と下では世界が違うと、ため息混じりに思ったこともある。

こんな目と鼻の先に蓮のマンションがあるなど、思いもよらなかった。

やはり蓮は、『坂の上の人』なのだと痛感する。

エントランスの前で佐伯が車を停めた。紗雪たち三人が下車すると、佐伯は「ご用の際にお呼びください」と言い残し、車を発進させ姿を消す。

蓮は紗雪と耀太を促し、エントランスに入った。

受付カウンターに管理人が常駐する形式のマンションらしい。四十代くらいのスーツ姿の男性が、カウンターの奥で頭を下げた。

蓮は彼にうなずきを返しつつ、エレベーターホールに向かう。

紗雪は自分の動揺を、耀太に悟られないよう必死だった。

母親の感情に子供は敏感だ。紗雪の心がひどく乱れていることを耀太に気づかれたら、戸惑わせてしまう。

耀太の手を引き、蓮と並んで歩きながら、紗雪はあたりを見回した。

紗雪が住んでいるアパートとは、どこもかしこも高級感が段違いだ。アパートの家賃が一泊の料金で消えるレベルのホテルに誤って入ってしまったような心地がする。

こういった感覚は、紗雪にとって覚えのあるものだった。

片田舎にある祖父母の家で育ってきた紗雪にとって、蓮が見せてくれる景色は目新しくてキラキラしたものばかりだったからだ。

彼が連れていってくれる店も、デートの行き先も、そしてふたりきりで宿泊するホテルも、紗雪にとってはあまりにまぶしくて、異世界に迷い込んだような気持ちになった。

当時はそれが新鮮で、戸惑って――、けれどそれ以上に、蓮と過ごすのならどの場所でも楽しいと感じた。

蓮がいればそれでいい。隣にいてくれればどこにいたって幸せだ。

そのことを伝えると、蓮は紗雪を抱き寄せ『俺もだよ』と熱くささやいてくれた。

しかしいまの自分たちは、そのような関係ではない。

四年前に紗雪が断ちきった絆は、荒れた傷跡を残している。そこがいまになってもふとした瞬間に痛むのだ。このような状況ではなおさらである。

紗雪たちに続いてエレベーターに乗り込んだ蓮は、最上階のボタンを押した。

耀太は蓮への警戒心をすっかりなくしたらしく、豪奢な内装をもの珍しそうに見回している。

蓮は耀太に目線を合わせるように腰を落とした。優しい口調で言う。

「いいか、耀太。これからすっごく高いところに行くぞ」

「高いところ？　高いの怖い？」

楽しみのような、怖いような、といった様子で耀太が聞いた。

いたずらっぽい表情を浮かべて、蓮は答える。

「見てからのお楽しみだ。窓から見える景色にびっくりして腰を抜かすなよ」

「うん」

耀太は意気込んでうなずいた。

人見知りの耀太が、蓮とはすぐに打ち解けられたようだ。蓮のコミュニケーション能力が優れているからか、それとも本当の父子《おやこ》だからこそなせる技なのか。紗雪にはわからなかった。

こうしてふたりのやり取りを前にすると、父と息子にしか見えない。

そのことが紗雪の胸を余計に重くした。

――『パパはお空にいるの』

蓮を傷つけてしまった。ひどく。

あのときの選択は、蓮のためを思ってしたことでもある。それでも罪悪感を拭いきれない。

エレベーターが停まった。出て右奥に玄関扉がある。

「ここが俺の部屋だ」

最上階にはこの部屋しかないようだった。

蓮が扉を開くと、広い玄関と長い廊下が紗雪たちを迎えた。空調はすでに効いており、暖かい。

玄関だけで、アパートのキッチンくらいの広さがありそうだ。

耀太は驚嘆の声を上げた。

「わあ、すごい。広いねぇ、ママ」

「そうだね」

蓮が先に廊下に足を踏み入れて「こっちだ」と促す。

「おじゃまします」

律儀に言って、耀太は靴を脱いでそろえた。

紗雪もためらいがちにあとに続く。

左右にみっつずつある扉の前を通りすぎ、突き当たりのいちばん大きなスライドドアを蓮は引き開けた。

そこには二十畳ほどのリビングが広がっている。正面の壁はほとんどが窓で、いまは藍色のカーテンが引かれていた。

「ここも広ーい。ヨウタとママのベッド、百個くらい置けちゃう」

耀太は素直に感動しているが、紗雪は別のことが気になった。

かろうじてテレビとソファが置かれているものの、そのほかの家具が見当たらない。生活感のない空間だ。

「ここに住んでいるわけじゃないの？」

紗雪が聞くと、蓮はうなずいた。

「ああ、メインで使っている部屋じゃない。この近辺で仕事上の集まりがあることが多いから、たまに泊まっているだけだ」

便利に使っているほかに、投資目的などの理由も、もしかしたらあるのかもしれない。

「ヨウタ、外見たい」

カーテンの前で耀太がワクワクした様子で言った。

蓮は「ああそうだったな」と言って、カーテンを引き開ける。

「わあ、すごーいっ」

外の光景を見て、耀太は歓声を上げた。

バルコニーの手すり壁がじゃまなので、下方の街並みは耀太には見えないだろう。

しかし曇り空の下にぼんやりと浮かぶ大きな山は、視界に入ったようだ。

「フジサンだー!」

「天気のいい日はもっとはっきり見えるぞ。ほら」

蓮は耀太を抱き上げて肩車をした。

体格的に、紗雪は肩車をしてあげられない。たまに夏目がしてくれたとき、耀太はとても嬉しそうにはしゃいでいた。

いまもそのときと同じように、耀太は「肩車だー」と喜んでいた。目をキラキラさせている。

子供らしいはしゃぎ方をする耀太に、紗雪は目を細めた。

耀太は大人に気を使いすぎる癖がある。二歳前後で現れる反抗期、いわゆるイヤイヤ期も耀太には現れなかった。

育てやすいという点では助かっているが、気がかりでもある。耀太は、家事に仕事に孤軍奮闘する母親を見て、いろんなことを我慢しているのではないだろうか。もっと子供らしく、反抗したりわがままを言ったりしてもいいのに……。

蓮はそのままバルコニーへ出た。

彼が窓を開けたとき寒風が吹き込んできたので、紗雪は肩を縮める。

バルコニーはバーベキューができそうなほど広いため、耀太を肩車しても問題なさそうだ。

得意げに蓮は言う。

「高いだろ？」

「わぁぁ……。たかーい……」

蓮の頭にしがみつくようにして、耀太は景色を見回している。

おっかなびっくりの様子に、紗雪は思わず笑みをこぼした。

蓮も同様だったようで、含み笑いをしている。

「なんだ、しがみついて。もしかして怖いのか？」

「こ、怖くないよ。ヨウタ、ぜんぜん怖くない」

「そうか、そうだよな」

耀太の強がりに、蓮の声に愛情が滲んだ。

「怖くないよな。耀太は強いもんな」

「うん」

蓮の頭上で、耀太は力強くうなずいた。

「よし、そろそろ部屋に戻ろうか。寒くて風邪を引いたら大変だからな」

蓮が戻ってきて、窓を閉める。

室内はふたたび暖かさに包まれた。

耀太をソファに下ろして、蓮は黄色い帽子を脱がせる。

「俺はママと話がしたいんだ。この部屋で、ひとりでしばらく待てるか？」

耀太は少し考えたあと、うなずいた。

「うん、待てるよ」

「よし、いい子だ」

言って、蓮は耀太の頭をくしゃくしゃと撫でた。テレビをつけ、スマホを操作してアニメ映画をいくつか画面に出し、耀太に選ばせる。耀太セレクトの子供向けアニメを流してから、蓮は立ち上がった。

「紗雪」

呼ばれて、紗雪は身を硬くする。

「話をしよう。こっちの部屋に来てくれ」

紗雪はぎこちなくうなずいた。

廊下に出て、蓮はふたつ目の扉を開ける。

入るとそこは寝室のようだったので、紗雪は思わず足を止めた。

十畳ほどの空間に、セミダブルのベッドと丸テーブル、カウチソファが置かれている。

静止した紗雪を見て、蓮はバツが悪そうな顔になった。

「意図があって寝室に連れてきたわけじゃない。さっきのリビングのほかに、ソファがここしかないからだ」

蓮はひとりがけのカウチソファを紗雪に指し示した。

紗雪がおずおずと腰を下ろすと、彼はベッドを椅子代わりにして座る。

「……耀太はいい子だな」

しばらくの沈黙ののち、フローリングに視線を落として蓮は告げた。紗雪の胸に染み入るような声音だった。

蓮は顔を上げ、紗雪と目を合わせる。

「俺の子だ。そうだろう、紗雪？」

「――うん」

これ以上ごまかしようもなく、紗雪は答えた。喉に力を込め、声を押し出すようにして言う。

「耀太は蓮の子だよ」

蓮は感情を抑え込むように両目を閉じた。しばらくそうしたのちに、まぶたを上げて紗雪をふたたび見る。

「どうして堕すだなんて嘘をついた？」

「蓮ともう終わりにしたかったから」

紗雪はせいいっぱい感情を排した声で告げた。

「あなたのご両親がうちに来て話をしたとき、わたしと秋月家とでは住む世界がまったく違うことを思い知らされたの。それに、わたしが蓮に固執することで秋月工業が潰れてしまったら、後味が悪いじゃない」

「宝生の力を借りなくても、俺は自分で会社を立てなおした。紗雪が身を引くことなんてなかったんだ」

「それをいま言ったところでどうにもならないでしょう？」

紗雪は震える声を抑えながら、ドライに聞こえるように言った。

「何度も言っているように、わたしたちは四年前に終わったの。耀太はわたしがひとりで産んで、育ててきた。これからもそうするつもり」

蓮が顔を歪める。

「父親の存在はいらないということか」

「……最初から、いなかったんだよ」

紗雪は膝の上で手のひらを握り込んだ。自分の胸を、自らの爪で引き裂くような心地がする。

「耀太を秋月家に関わらせるつもりはない。あなたに迷惑をかけるようなことはしないから、わたしたちのことは放っておいて」

重苦しい沈黙が流れた。

しばらくして、苦痛にかすれたような声で蓮が言う。

「自分の息子に父親だと名乗ることすら、俺には許されないのか」

紗雪は黙っていた。黙って、自分の選択した結果を受け止めた。

「……わかった」

一度顔をうつむけて、蓮はふたたび紗雪と目を合わせる。彼の表情にはまだ痛みがあったけれど、はっきりとした意思も感じ取れた。

「耀太に俺が父だと名乗ることはしない。その代わりに俺の言うことをひとつだけ聞いてくれ」

紗雪は緊張した。蓮はなにを言うつもりだろう。

「紗雪と耀太の人生だ。好きな場所に住めばいいが、いまは時期が悪い。おまえたちが放火犯のうろつくような危険な地域に住んでいると知った以上、放っておくわけにはいかない」

「それは……どういう意味？」

眉をひそめる紗雪に、蓮は言った。

「知ってしまった以上、万が一なにか起こったときには俺の寝覚めが悪くなる。だからおまえたちには、しばらくこのマンションに住んでもらう。ここなら治安がいいし、セキュリティも万全だ」

「それはできないよ」

紗雪はすぐさま拒絶した。

蓮は頑《かたく》なに続ける。

「さっきも言ったように、俺がメインで使っているマンションは別にある。一緒に住むというわけじゃない」

「だからって蓮のマンションに住むなんて」

「放火犯が捕まるまででいい」

蓮は譲る気配のない口調で言った。

「放火犯が捕まったあとは、好きにここを出ていけばいい。あくまでも目に見える危険が去るまでだ」

「犯人が捕まらない場合もあるでしょう?」

「放火の検挙率は八割近い。連続犯ならもっと見つけやすいだろう。もし長期間捕まらないという事態になったら、そのときに考えればいい。そうだな、三ヶ月ごとに検討するというのはどうだ?」

紗雪は茫然とした。

住む場所についてはつねに付き纏っていた問題だ。

交通の便、仕事場と保育園との距離、そして家賃。すべてを総合して考えて、いまの自分に借りられる物件があのアパートだった。

治安がいいと言いきれる立地ではないけれど、それなりに楽しく暮らしてきた。

近所の人たちは親切だし、保育園も近い。

防犯グッズを常備しなければ落ち着かないが、対策をきっちりしていたこともあり、怖い思いをしたことはなかった。

けれど放火犯の出現によって、状況が変わったことはたしかだ。

紗雪も引っ越しを真剣に検討し出していた。資金面と時間の折り合いがつくなら、いますぐにでも物件を探しに行きたいくらいなのだ。

次に紗雪は、耀太の様子を思い起こした。

広いリビングに入ったとき、耀太ははしゃいでいた。窓の外から見える富士山に、目をキラキラと輝かせていた。

子供らしくはしゃぐ耀太の様子は、紗雪にとって嬉しいものだった。

耀太はまじめながんばり屋さんで、保育園の先生に褒められるタイプの子供だ。紗雪にわがままを言って困らせることもめったにない。

もしかしたら耀太は、子供らしい感情を我慢しているのかもしれない。

そういう危惧が以前からあった。

だからこそ子供らしくはしゃぐ様子を見て、紗雪はほっとしたのだ。

しばらくなら。放火犯が捕まるまでの、ほんの少しのあいだならいいかもしれない。

時間が経っても捕まらない場合は、蓮の言うとおり、そのときに方針を考えなおせばいい。

そう考えれば、蓮の提案は紗雪にとってメリットばかりだ。

紗雪は蓮を窺った。

「蓮はいいの？　自分のマンションにわたしたちを住まわせてもかまわないの？」

「不都合はない」

冷たい声で蓮は答えた。

「普段放ってある場所を貸すだけだ。俺の手間が増えるわけじゃない。親切心で言っているわけでもないんだ。さっきも伝えたように、なにかあったときに俺の寝覚めが悪くなるような事態を避けたいだけだ」

「……わかった」

紗雪は腹を決めた。

「ありがとう、蓮。放火犯が捕まるまでここにいさせてください」

紗雪の言葉に、蓮はわずかに目を見開いた。もしかしたら、ここまで簡単に紗雪が首を縦に振るとは思っていなかったのかもしれない。

自分でも厚かましいと思う。蓮からの提案とはいえ、自分から強引に終わらせた恋の相手の助力を借りるだなんて。

けれど耀太の身の安全には代えられない。耀太を危険から遠ざけられるなら、なんだってする。

「……本当に、ありがとう」

紗雪は席を立って、深く頭を下げた。

蓮も思わずといった感じで立ち上がる。なにかを言いかけて、紗雪から目を逸らした。

「家電などの足りない物は、あとで運ばせる。不足があれば言ってくれ」

そっけなく告げ、部屋から出ていった。

佐伯が運転する車でアパートとマンションを行き来して、三日分ほどの食材と、紗雪と耀太の衣類などの生活必需品を運んだ。作業が終わったのは午後六時頃だ。

このマンションにしばらく住むことになると聞いて、耀太は嬉しそうに飛び跳ねた。

住まいを変えることに耀太が抵抗感を示したらどうしようと思っていたので、紗雪は安堵《あんど》した。

「当面は暮らせそうだな」

リビングに並んだ荷物を見渡しながら、蓮は言った。

佐伯は駐車場で待機している。

耀太はというと、疲れたのかソファで丸まって眠っていた。

「うん、充分だよ。ありがとう」

今日何度告げたか知れない言葉を、紗雪はほほ笑みながら伝える。

蓮はぎこちなく目を逸らした。彼はあまりこちらを見ようとしない。紗雪に対する怒りが胸の奥にわだかまっているのだろう。

「そろそろ帰るよ」

耀太にブランケットをかけながら蓮は言った。見送るために、彼に続いて紗雪も玄関まで足を運ぶ。

革靴を履いて、蓮はこちらを振り向いた。

端整な面差しに、高い位置から見下ろされる。

「ひとりで仕事をして、子育てをして、かなりハードな毎日なんじゃないのか？」

唐突に聞かれて紗雪は戸惑った。

蓮の表情には、心配そうな色がわずかに滲んでいる。

重ねて彼は言った。

「体は大丈夫なのか？」

気遣う言葉が四年前と同じトーンだったから、紗雪の鼓動が乱れた。

彼の手が伸ばされて、ひたいにふれる。

蓮の体温を感じた。温かい。

「熱はないようだな」

「……平気だよ。大丈夫」

「会ったときからずっと顔色が悪い」

大きな手が離れていく。

なにかをたしかめるように、蓮はその手を握り込んだ。

「体調が悪くなったらすぐに連絡しろ。病院に連れていく。かかりつけ医の連絡先をメールしておいてくれ。……俺のアドレスは、四年前から変えていないから」

「……はい」

蓮は「じゃあまた」と言って出ていく。

彼がいなくなったあとも、紗雪はしばらく玄関に立ち尽くしていた。

蓮がエレベーターで地下駐車場に下りると、秘書兼同期社員の佐伯が車と共に待っていた。

「遅くなってすまない」

「いえ。しかし驚きました」

蓮のために後部座席のドアを開けつつ、佐伯がため息をつく。

「まさか火事現場で彼女に出くわすとは思いませんでした。伊藤さまのご自宅が火災に見舞われていることだけでも驚きでしたのに」

「ああ、そうだな」

蓮は座る前に、佐伯に確認する。

「伊藤さんとは連絡がついたのか？」

「はい、三十分ほど前にお電話がつながりました。ご無事のようです。火事にショックを受けておられましたが、お声はしっかりされていました」

「そうか。俺からもあとで連絡を入れておく」

火事現場の家主・伊藤和明《かずあき》には、仕事で世話になったことがある。定年退職を迎える前、彼は秋月工業の取引先で部長を務めていたのだ。

近くを通りかかって、燃えているのが伊藤家だと気づいたときは衝撃を受けた。車を停めて現場を確認していたところで、紗雪を見つけたのだ。

「いつどこで、なにが起こるかわかりませんね」

佐伯は眼鏡を押し上げた。

「火事にも名取紗雪との再会にも驚きましたが、それ以上に驚いたのは社長の行動です。子連れの女性をご自身のマンションに囲うだなんて、いったいどういうおつもりです？」

「囲うという表現はやめろ」

シートに身を落ち着けながら、蓮は顔をしかめた。

「元恋人を自分のマンションに住まわせることが、人助けですか？」

「ただの人助けだ」

「放っておけなかった。放火犯のうろつく地域に知り合いが住んでいたら、気がかりになるのも当然だろう」

「やりすぎです」

佐伯はきっぱりと言い、運転席に座ってシートベルトを締める。

蓮はミラー越しににらんだ。

「おまえは人情が足りないからそう感じるんだ」

「元恋人とその子供を家に住まわせるなんていう人情を、わたしは聞いたことがないですね。それは人情ではなく、未練というんです」

「ああまったく、おまえは本当に情の深いやつだよ」

蓮はあきらめたように手を上げた。

「じゃあのまま、紗雪たちを放っておけばよかったとでもいうのか？　あとになって放火犯が紗雪たちを襲ったとか、そういう悪いニュースが耳に飛び込んできてみろ。後味が悪いことこの上ないだろう」

「そもそも社長は、メリットのないことは避けるスタンスではないですか。今回のことはメリットどころか、負担だらけですよ。あのふたりをマンションに囲うことは、わたしは反対です」

「だからその表現はやめろと言っただろ」

蓮はこの話題を早く断ちきりたかった。

けれど佐伯の仕事は蓮のサポートだ。社長と秘書という関係を取っ払えば、気の置けない同期という間柄でもある。

だから今回のことについて、佐伯がもの申すのは当然かもしれない。

つまるところ彼は、蓮を心配してくれているのだ。

車は地下駐車場から出て、道路を走りはじめる。

「四年前のことを忘れたのですか？」

蓮はピクリと肩を動かした。

四年前のことを知っているからこそ、彼は蓮を心配している。紗雪に突然捨てられた蓮が、どんな状態になったのかを見てきたからこそ、苦言を呈してくるのだ。

「当時の社長はひどい状態だった。仕事をするどころか寝食もままならないほどに、精神的なダメージを受けていらっしゃいました。立ちなおるのにどれだけかかったと思っているんです。また同じことが起きたら、今度こそ立ち上がれなくなりますよ」

「……そんなことにはならない」

喉の奥から重苦しいものがせり上がってくる。

四年前の自分を思い出すだけで、蓮はいつもこんな状態になる。あの日から、紗雪との幸せな日々はすべて、蓮に苦しみをもたらすものに成り代わってしまった。

苦い味のする喉元から、蓮は声を絞り出す。

「紗雪とはもう終わっている。彼女はただの知人だ」

「ではあの子供は？」

佐伯は鋭く切り込んでくる。

信号が赤に変わり、車が止まった。

「あの子供はあなたの子でしょう。あそこまでそっくりだと言い逃れできませんよ」

窓の外の街路樹を見つめながら、蓮は奥歯を噛んだ。

答えない蓮に、佐伯はため息をつく。

「名取紗雪はこの四年間、ひとりで子を産み育て、しっかり生活してきたのでしょう？　立派だと思いますよ。でも裏を返せば、彼女にとって社長は必要ないことになります」

「ひどい言いようだな。もう少し俺に気を使えよ」

苛立ち混じりに蓮が言うと、佐伯はミラー越しに目を合わせてきた。

「社長は回りくどいことを嫌がられるので、極力むだを排して申し上げました。そもそも社長は、『案ずるより産むが易し』というタイプではないですか。だからこそあなたの行動を見れば、心の内も読める。これ以上、名取紗雪に関わろうとするのであれば、それは未練以外のなにものでも――」

「とにかく」

口の減らない秘書の言葉を断ちきるように、蓮は言った。

「紗雪は過去の知り合いで、子供は彼女の子というだけだ。それ以上の関係にはなり得ない」

「苦しい言い分ですね」

「この件について、話は以上だ」

それだけ言って、蓮は口を閉ざした。

蓮にこれ以上話す気がないことを見て取ったのか、佐伯も言及をあきらめたようだ。

信号が青に変わり、車が進みはじめる。

会話のなくなった車内で、蓮は流れる景色を見ていた。その反面、頭のなかではまったく別のことが巡っていた。

まさか再会するとは思わなかった。

彼女だけでなく子供とも会うことになるなんて、想定外だ。

とはいえ四年前のあの日から、紗雪との再会を想像しなかったと言えば嘘になる。

最初の二年間は、どんな形でもいいから彼女に会いたいと思っていた。

会って、話をしたいと。

聞きたいことはたくさんあった。どうして姿を消したのか、子供は本当に堕したのか。もう一度自分と――やりなおせないか。

けれどそのような思いは、時と共に変化していった。

突然姿を消した紗雪に、少しずつ怒りの感情が生まれてきた。納得いかない。どうして、なぜ、自分から離れた。そういう思いがふくれ上がって、苦しくなった。

やがて蓮は、彼女を考え続け、想い続けることをやめようと決意する。

紗雪は自分を捨てたのだ。

子供を堕してでも、自分から離れたかったのだ。

蓮の両親が紗雪に別れを迫ったことについては、止められなかった自分にも責任がある。けれど自分が逆の立場だったら、姿を消す前に紗雪に相談しただろう。

紗雪と別れたくないし、彼女と子供を育てたいし、これくらいのことで自分たちの関係は壊れないと信じていたからだ。

しかし紗雪はそうしなかった。

蓮自身は、彼女なしでは生きられないとさえ思っていたというのに。

紗雪を忘れるために、蓮は仕事に打ち込んだ。仕事はやり甲斐《がい》があった。工夫したり努力したりした分だけ、たしかな結果が返ってくるからだ。

仕事に打ち込んだ結果、吸収合併される寸前だった会社を自力で立てなおした。

蓮は業界で一目も二目も置かれるような存在になる。

娘との婚約を断った宝生グループの社長からは、『やはりきみを婿《むこ》に欲しかったよ』と残念がられた。

そうして蓮は確信した。

紗雪を愛していた時期は、本当の人生ではなかったのだと。

蓮はひたすら仕事に打ち込み、ビジネスの上で人間関係を築いていった。そうすることで、充実した日々をやっと取り戻せた。

だというのに、人生がうまく回りはじめたこのときに、なぜいまさら彼女と再会してしまうのか。

しかも自分の子供が生まれていたことまで、知らされてしまうのか。

彼女を忘れたはずなのに、紗雪の姿を四年ぶりに見つけた瞬間、蓮は彼女の名を呼んでいた。蓮に気づいて逃げようとした彼女を、追いかけもした。

これら一連の行動は、蓮の思考回路の外側で起こったことだ。

考えるより先に、体が動いていた。

（俺はバカだ。この期《ご》に及んで、まだ彼女に手を伸ばそうとするなんて）

佐伯の言うとおり、いまだに未練が残っているのかもしれない。

いったいどうすれば四年前の恋を振りきれるのだろうか。いくら考えても答えは出なかった。

第二章　五年前の出会い

この夜自宅のマンションで、蓮はなかなか寝つけずにいた。寝返りを打ったり水を飲みにいったりしつつ、明け方になってやっと浅い眠りに入れた。

しかし眠らないほうがよかったかもしれない。直前まで紗雪と耀太のことを考えていたせいで、夢を見たからだ。紗雪と出会ったときの夢を見て——あとは芋づる式に、紗雪との思い出が流れてきた。

ただ幸せなだけの、残酷な思い出だ。

＊＊＊

五年前の初夏。

夜八時から催された異業種交流パーティーで、蓮は紗雪と出会った。

正確に言えば、紗雪をはじめて見かけたのはこのパーティーのときではない。彼女の存在を知ったのは、さらに遡ること一年。蓮が二十四歳、紗雪が二十二歳のときである。

紗雪は就職活動中の大学四回生で、秋月工業に就職試験を受けに来ていた。

社内の廊下ですれ違ったとき、彼女は就活生の集団のなかにいた。大勢に埋没してもおかしくないような新卒集団において、紗雪はひと際目立っていた。

その理由は彼女の雰囲気にあった。

おろしたてのリクルートスーツと真新しいパンプスを身につけた紗雪は、それでも不思議と、就活生特有の初々しさを感じさせなかった。

どこか世慣れた感じがして、学生というよりベテランの社会人という印象さえある。自分よりも彼女のほうが、落ち着き払って仕事をするかもしれないと思ったくらいだ。

顔立ちも、可愛いというより美人なタイプだった。

前髪を横に流したロングヘアをひとつにまとめた出で立ちが、ひどく大人びて見える。

すれ違ったのち、思わず足を止めて蓮は振り向いた。

就活生たちは面談が終わってひと息ついたのか、皆肩から力が抜けている。だから自分たちを振り返った社員がいることに、気づく様子はなかった。

しかし、紗雪だけは蓮に気づいた。少しだけ振り向いたのだ。

目が合って、やはり綺麗な子だと思った。

無意識に蓮の鼓動が高鳴ったタイミングで、紗雪が口元でほほ笑んだ。

笑うとさらに魅力が増す。

紗雪は会釈して、視線を前方に戻した。

このときはじめて、蓮は自分がぼーっと突っ立ったまま、彼女に会釈を返していないことに気づいた。

予想は当たっていた。彼女のほうが自分より、社会人としてしっかりしている。

あの子は秋月工業に就職するだろうか。

あれだけ目立つ子なのだから、うちの会社は彼女を採用するに決まっている。ほかからも採用通知を受け取るだろう。

彼女はここを選んでくれるだろうか。

紗雪との再会を、蓮は密かに期待していた。

しかしそれは空振りに終わる。

人事が彼女を採用しなかったのだ。

採用担当の同期社員にそれとなく聞いてみたら、『ああ、覚えてるよ。あの綺麗な子だろ？』とすぐに言葉が返ってきた。やはり目を引く子なのだ。

その同期は言った。

『あの子はうちの課長のウケがよくなかったんだよ。新人らしいフレッシュさがないってな。ああいうのはすぐに玄人《くろうと》ぶって生意気なことを言い出すタイプだから、雇うと面倒なことになるってさ』

なんという見る目のなさだと、蓮は苛立った。

彼女の落ち着きぶりと人を引きつける存在感は得がたいものだ。会社にとって有用な人材になるに決まっている。

みすみす不採用にするとは、呆《あき》れた人事課長である。

蓮は、自分がこんなに苛ついているのは会社のためを考えてのことだと思っていた。でも実際は、彼女とのつながりがなくなってしまったことを落胆したのだ。

こんなことになるなら、あのとき彼女を捕まえて連絡先を聞いておけばよかった。

しかし時間を巻き戻せたとしても、自分はきっと聞けなかっただろう。

初対面の女性を引き止めて話しかけること自体、蓮にはハードルが高いのだ。

中高一貫の男子校で育ち、勉学と剣道部に打ち込んできた蓮は、およそ女性と縁がなかった。

登下校中や、部活の試合で他校に出向いたときなどに、女の子たちから連絡先を聞かれたり、初対面だというのに『ずっと好きでした』と告白されたりしたことはある。

でも蓮は戸惑いこそすれ、彼女たちに心惹かれたことは一度もなかった。

女の子たちからの誘いを片っぱしから断る蓮を見て、男友達らはからかいと羨《うらや》み混じりに『一回付き合ってみたらいいじゃん。いつか好きになるかもしれないし、好きにならなかったら次に移ればいいんだからさ』などとアドバイスをくれた。

なるほど、そういう考え方もあるのだろう。

でも蓮はそうする気になれなかった。

純な気持ちで『好きじゃない子とは付き合えない』と思っていたわけではない。

『好きでもない子と一緒にいてもつまらない』という考えから、誰とも付き合わなかっただけだ。

女っけのない中高生時代を過ごし、国立大学の理学部に蓮は進学する。

理学部には女生徒が極端に少なかったので、女性関係はあいかわらずだった。

アプローチされてもあっさりかわすという生活が続き、その傾向は社会人になっても変わらなかった。

ついに友人たちから『わかった、おまえは男が好きなんだな』などと誤解されるに至ったほどだ。

別にそんなことはない。

女性芸能人のきわどいグラビアにはつい目を奪われるし、同じ大学の女子に大胆なアプローチをされたときには――ゼミの飲み会で、酔った勢いで抱きつかれた際、胸を腕に押しつけられたこともある――不覚にもドキドキした。女の子から香る甘い匂いに気を引かれたことだってあるし、優しい声音に癒されたこともある。

それでも蓮は、特定の女の子と深い仲になることはなかった。

恋愛をしていなくても充実していたし、好きでもない子に時間を割くのは単純に面倒だと感じていた。

そんな日々が社会人二年目まで続いた。

そして蓮は、廊下ですれ違っただけの紗雪に目を奪われる。

彼女を落とした人事部に苛立ちを覚えたのは、ほのかな恋心によるものだった。

こうした気持ちをすぐに自覚できなかったのは仕方のないことだ。

これまでの人生で、初恋すら経験したことがなかったのだから。

恋情の発露に気づかないまま、蓮は満たされない思いを抱えつつ一年を過ごした。

そして初夏の季節、異業種交流パーティーで彼女と再会する。

あれから一年以上経つというのに、ひと目で彼女だとわかった。

ドレスアップした彼女はリクルートスーツのときよりも華やかだったが、凛《りん》として落ち着いた雰囲気は同じだった。

なにより、ほほ笑んで誰かと談笑する面差しがとても綺麗で、蓮は一年前と同じように彼女に見とれてしまう。

彼女は体のラインに沿うようなモスグリーンのドレスを着ていた。スタイルのよさと透けるような白い肌を、いっそう際立たせる装いだ。

アップに巻いた髪は茶色がかっていて、それは彼女の瞳の色と同じだった。

とても綺麗な目をしていると、蓮は思った。

その反面自分を情けなくも感じた。さっきからワイングラスを片手に、遠目の棒立ちで彼女を見つめることしかできていない。

(声を、かけてみようか。勇気を出して)

そう思っただけで、手のひらに汗が滲んだ。緊張に襲われたのだ。

会社の同僚から鉄の心臓だのクソ度胸だのと言われる自分が、ただ声をかけようと思っただけでこんな状態になるなんて、信じられなかった。

「どうした、秋月。珍しくぼーっとして」

パーティーの参加者である佐伯――この当時はお互い平社員だった――が怪訝そう

に声をかけてきた。

蓮は、目を紗雪に向けたまま無意識に聞いていた。

「なあ佐伯。女性にはじめて声をかけるときは、どう言ったらいいんだ？」

「はっ？」

素っ頓狂《とんきょう》な声が佐伯から上がったので、蓮は我に返った。慌てて彼を振り返る。

「いや、なんでもない。忘れてくれ」

佐伯はメガネの奥で、嫌な感じのする笑みを見せた。

「なるほどな。女嫌いの秋月蓮が、やっと女に目覚めたのか」

「俺は別に女嫌いってわけじゃないぞ」

「どれどれ――ああ、あの女か。たしかにレベルが高いな。そうそういないくらいの美人だ。あれは競争率が高いぞ。もう男がいてもおかしくない」

「男がいそうなのか？」

思わず不安が顔に出た。佐伯はニヤニヤと笑う。

「どうかな。聞いてみればいいじゃないか」

「はじめて声をかけるときに、カレシがいるのか聞くのはおかしいだろ」

「脈があるかないか判断するのに手っ取り早いぞ。ヘタに雑談を長引かせるより効率的だ。おまえ、むだなことはしない主義だといつも仕事中に言っているじゃないか。

――ほら、ぐずぐずしているうちにほかの男に取られそうだ」

「え?」

蓮は慌てて彼女に視線を戻した。

すると自分たちと同じくらいの歳の男が、彼女に言い寄っているのが目に入る。

男は悪い酔い方をしているようで、明らかに迷惑がっている彼女にしつこく絡んでいた。ことあるごとに、肩や腕にふれようとしている。

別の場所へ促すように男が彼女の背中に触ったとき、蓮はカッとなった。

自分のワイングラスを佐伯に押しつけて、早足で男と紗雪の後ろから声をかける。

「失礼、お二方」

「はい?」

うっとうしそうに男が振り向いた。チャラそうな茶髪男だ。

紗雪も一緒に振り向いて、蓮と目が合う。途端、紗雪は目を見開いて「あなたは秋月工業の――」と口走った。

蓮は意表を突かれた。

(俺を覚えてくれていたのか?)

「お知り合いですか?」

男が怪訝な顔で紗雪に聞いた。紗雪が答えるより先に、蓮は言う。

「ええ、そうです」

あえて強めの声を出した。

この男はスーツをわざと着崩して格好をつけている。こういうタイプは小心者の場合が多いから、高圧的に話をするに限る。

彼女が自分を覚えていたかどうかはあと回しだ。とにかく彼女の背に回された、男の腕が気に入らない。

「俺は彼女に会いにここへ来たのです。連れていかれては困る」

「そうなんですか。でも俺も、名取さんと話がしたいんですけれど……」

案の定、男はオドオドしはじめた。

それにしても彼女の名は、ナトリというのか。

蓮ははじめて知った彼女の名前を反芻《はんすう》した。

一年前、人事部の同期になぜ彼女を雇わなかったか聞いたとき、蓮は名前を聞きそびれていた。再度聞けばいいのだろうが、面接で落とした女性のことをしつこく聞き出すことに気が引けていたのだ。

贅沢《ぜいたく》を言えばこの男からではなく、彼女自身の口から聞きたかったのだが。

しかもこの男、いつまで経っても彼女の背から手を離さない。

「先約は俺です」

苛立ちを押し隠しながら、蓮はでまかせを言った。

男は動揺した様子で、彼女に確認する。

「そうだったんですか？　この方が先約？」

「──はい」

間を置いてから、紗雪はうなずく。とっさについた蓮の嘘に乗ってくれた。

「このお方が先です」

彼女は男のもとから離れて、蓮のすぐ隣に来た。

ふわりと甘い香りが漂ってきたので、蓮の鼓動の速さはとんでもないことになる。

一方で男は、文字どおりしょんぼりと肩を落とした。

「そうでしたか……。残念です」

「ごめんなさい」

紗雪が謝罪すると、男は去っていった。その背中を見送ってから、彼女は蓮を見上げてきた。いたずらっぽい笑みが浮かぶ。

「先約を入れてくださっていたようで、どうもありがとうございます。おかげで助かりました」

共犯者めいた言葉に、蓮はどきりとする。そして親しげな言葉遣いに、自分でも意外なほど感動した。

「い、いえ――」

声がつっかえてしまった。

蓮は咳払いをする。

「酔っ払いに絡まれているようだったから声をおかけしたのですが、あれでよかったですか？」

体面を装って、蓮は笑みを返した。

すると彼女はくすくす笑った。そうやって笑うと、美人系の顔立ちがほどけて可愛さが増す。

蓮はさらにドキドキした。

「はい、とっても助かりました。あらためてありがとうございます、秋月工業の社員さま」

蓮はハッとした。

そうだ、彼女は自分のことを覚えている様子だった。つい食い気味になりながら、彼女に尋ねる。

「俺を覚えていらっしゃるのですか？」

「はい、もちろんよく覚えております。二年前に御社の入社試験ですれ違っただけですが、印象に残っていました」

「それはどうしてですか？」

蓮は淡い期待を持った。もしかしたら彼女も、自分と同じ気持ちでいてくれたのかもしれない。

前のめりになる蓮に、紗雪はあっけらかんとした口調で言った。

「恐縮ながら、あなたの存在感はすごいものがありましたから。もっと単純に申し上げるなら、当時もいまも、びっくりするくらいのイケメンさんでいらっしゃいますよね」

「イケメンですか」

蓮は肩透かしを食らった。

紗雪はうなずく。

「はい、とっても。もしかして、自覚されていないのですか？」

なんとも答えがたく押し黙ると、紗雪は屈託なく笑った。

「ちゃんと自覚されているのですね。素直な方だなぁ。——あ、すみません、年上の方にこのような口の利き方をしてしまって」

「いえ、気にしないでください」

慌てた様子で頭を下げる彼女に、蓮は首を振った。かしこまったものではなく、くだけた会話をしてくれたほうが逆に嬉しいのだ。

それにしても彼女は、こういうフランクな性格をしていたのか。大人びた雰囲気ばかりが印象的だったから、意外だった。だが、嬉しい誤算だ。

蓮は口元に笑みを滲ませた。

「俺は大ざっぱな人間ですから、細かいことは気にしないでいただいて大丈夫です。むしろ気を使わないでいただけたほうが、嬉しいくらいです」

「そうなのですね、よかった。実はわたしも同じく大ざっぱなのです」

彼女は笑った。

花が咲くみたいだと蓮は思った。

「わたしは名取紗雪と申します。秋月工業さんの就職試験では、一次面接で見事に落っこちたのですよ」

「その際は大変失礼いたしました。我が社の人事担当は見る目がない。俺が担当していたら、絶対に採用させていただきましたよ」

本心から言ったのだが、彼女は冗談と取ったようだ。笑いながら口を開く。

「そう言っていただけて光栄です。実を言うと、秋月工業さんから不採用のご連絡をいただいた夜はヤケ酒をしたのですよ。第一志望だったからとっても悲しくって」

やはりあの人事課長には問題が大ありのようだ。

紗雪はこちらを窺いながら聞いてきた。

「ところですみません、あなたのお名前をお聞きしても？」

「あ、申し遅れまして――」

名前を告げかけて、蓮はフリーズした。

秋月工業から不採用通知を受け取った彼女に、自分の名を告げるのは悪手ではないだろうか。なにしろ自分は、秋月の姓を持つ創業者一族なのだ。

――いや、それよりも。

蓮は記憶を巻き戻した。

彼女は先ほど自己紹介をしてくれた。フルネームはナトリサユキとのことだ。なんというやわらかい語感の名前なのだろう。どんな漢字を書くのだろうか。知りたい、いますぐに。

それには彼女の名刺をゲットしなくてはならない。

蓮は心を決めた。スーツの内ポケットから自分の名刺入れを取り出す。

「俺は秋月 蓮と申します。よろしくお願いいたします」

「ごていねいに、ありがとうございます」

紗雪は名刺を受け取り、次に自分のそれを差し出した。

白い長方形に刻まれた文字列を、蓮は見つめる。

『名取紗雪』。とても綺麗な漢字の並びだ……。

同じく名刺に目を落としていた紗雪から、びっくりしたような声が上がった。

「秋月工業の秋月さんでいらっしゃるのですか？　ということはもしかしたら」

「はい、そうです。父は代表取締役を務めております」

気まずく思いながらうなずくと、紗雪は目を丸くした。

「そうでいらっしゃったのですね……！　申し訳ありません、わたし、ヤケ酒したのなんだのと、失礼なことを並べ立ててしまって」

「いえ、大丈夫ですよ。お気になさらないでください。そもそも我が社の人事部が不出来だったのですから」

百パーセント本心で言ったのだが、紗雪は気遣われていると感じたようだ。申し訳なさそうに眉根を下げた。

「いえ、わたしが至らないだけです。あとでたっぷり〝ひとり反省会〟します」

ひとり反省会。なんという可愛い会だろうか。

そう思うと同時に、心の声が表に出てしまった。

「可愛いな……」

「え？」

きょとんとした様子で聞き返されて、蓮は我に返った。

ここで冗談のひとつでも言ってごまかせばよかったのに、耳まで赤くなるのを止められない。意識している相手に心からの褒め言葉を発したのは、これが人生ではじめてだったからだ。

口を片手で覆いながら、蓮は苦し紛れに告げた。

「すみません、なんでもないです。聞き流してください」

「あ、はい。了解です」

彼女の耳もほんのり赤くなっている。

了解してくれてありがたいと思う反面、聞き流されて本当にいいのかと蓮は思った。彼女に一歩近づくためには、可愛いという言葉は本心からのものだと強調したほうがよかったのではないか。なにしろ、このパーティーが終われば次はいつ会えるのかもわからないのだ。

蓮は勇気を振り絞って、紗雪の目をまっすぐに見た。

「すみません、やっぱり聞き流さないでいただけますか？」

紗雪は動揺したのか、肩を揺らした。

「ええと、聞き流さないというのは……」

「俺があなたを可愛いと思ったことです」

言った蓮の顔も赤くなっていたが、紗雪のほうも同じ状態だ。ごまかすように、

「やだなぁ秋月さん」と笑う。

「からかわないでくださいよ。こちらは恋愛経験なんてほとんどない身なのですよ。秋月さんほどの方でしたら女性関係も華やかなのでしょうけど、わたしはまったく違うので――」

「恋愛経験がない？」

蓮はそこに思わず食いついた。

「ということは、いま恋人はいらっしゃらないのですか？」

「はい、いないです。それどころか、過去にもできたためしがないです。学生時代はバイトに明け暮れていましたから」

蓮は安堵のあまり脱力しかけた。

しかし、ここで気を抜いてはいけない。

学生時代に出会いがなかったとしても、いま彼女は社会人だ。これからたくさんの男たちに目をつけられるだろう。現にさっきも、なれなれしい男に絡まれていたではないか。

蓮は腹を決めた。熱を込めた目で、紗雪を見る。

「名取さん、俺も恋愛経験はゼロですよ。これまで誰とも付き合ったことはありません」

「えっ？　そんなにイケメンさんなのに嘘でしょう？」

紗雪は愕然としている。

蓮は首を振った。

「顔立ちは関係ないですよ。俺は好きになった女性としか付き合いたくありません。そういう人にこれまで出会うことがなかったから、恋愛まで発展しなかったのです」

「そうなのですね……！　すみません、先入観だけでものを言ってしまって、大変失礼いたしました」

紗雪はガバッと頭を下げた。心底申し訳なく思っている様子だ。

蓮は慌てた。

「いえ、あなたを責めたわけではないのです。名取さんは悪くありませんから、謝らないでください」

紗雪はおずおずと顔を上げる。目が合うと、互いの頬がふたたび赤くなった。

彼女ははにかむように笑う。

「ありがとうございます。秋月さんは優しい方ですね」

紗雪に褒められて、蓮の胸が高鳴った。

彼女と話していると、心の状態がまったく落ち着かなくて忙《せわ》しない。紗雪ばかりを目で追ってしまうから、ほかにたくさんの人がいるというのに、視界に紗雪しか映らなくなる。

彼女だ、と蓮は思った。

恋愛を知らなかった自分が、はじめて得た感情がここにあった。

「名取さん。もしよろしければ――」

見つめるだけで、甘い痺れが体の内を駆け巡る。

「このあと、場所を変えて飲みませんか。ふたりきりで」

紗雪は驚いたように蓮を見返した。

緊張して返事を待ちながら、蓮は決意した。

絶対に彼女を手に入れる。

押しの一手で自分の気持ちを示し、誰よりも早く彼女の心を手に入れる。プライドなんていらない、彼女に振り向いてもらえるならなんでもする。


この日、パーティーのあと、蓮は紗雪とバーで飲むことに成功した。彼女といると心が躍り、あっというまに時間が過ぎた。

連絡先を交換して、次に会う約束を取りつける。その後はスマホに毎日メッセージを送り、ときには電話もした。

蓮からの怒濤《どとう》のアプローチに、紗雪は最初戸惑っていたようだった。ためらいながらも蓮と連絡を取り合い、週末には会ってくれた。

明確な根拠はないが、蓮はなんとなく手応えを感じていた。

紗雪は表情が豊かだ。笑顔に飾り気はなく、素直に動揺したり、恥ずかしがったりもする。そんな紗雪が愛おしかった。

蓮と紗雪の距離は順調に近づいていった。

紗雪への想いをはっきりと告げたのは、パーティーから一ヶ月が経った頃のことだ。

梅雨《つゆ》の時期で、朝から雨が降っていた。

映画を見る約束を取りつけ、車で紗雪を迎えに行った。ふたりきりで会うのはこれで五度目だ。

マンションの駐車場の前で車を停めると、彼女が見知らぬ男とふたりでしゃべっているのを発見した。

紗雪はいつも、ひとり暮らしをしているワンルームマンションの前で蓮を待ってくれている。そして蓮の車を見つけると、笑顔で駆け寄ってくれる。

その瞬間が、蓮は好きだった。

でもこの日は違った。

紗雪はマンションの軒下で雨を凌いでいる。

その隣に自分と同じくらいの歳の男が立っていた。白いTシャツとジーンズを身につけた、さわやかな感じのする青年である。

彼は紗雪と親しげに話をしていた。

紗雪も男との会話に夢中になっているのか、車に気づいてくれない。

胸がひどくザワついた。

そのとき男の手が伸びて、紗雪の肩をつかんだ。

紗雪はそのまま引き寄せられ、足をもつれさせて男の胸にぶつかった。同時に彼の両腕が紗雪の肩と腰に回り、彼女を抱き竦める。

男の唇が、ごく間近にあった紗雪の耳になにかをささやくのが見えた。

雨に閉じ込められた軒下で身を寄せ合っているふたりは、まるで恋人同士のようだ。

蓮は車のエンジンを切って、外に出た。いてもたってもいられなかった。

ここ一ヶ月で気づいたことだが、自分は人一倍嫉妬《しっと》深いらしい。紗雪が女友達とランチをしたという話を聞けば、つい妬《や》いてしまう。会社の飲み会で同期の男と仕事について熱く語り合ったと聞けば、さらに嫉妬心を煽《あお》られた。

こういう性格を自分でも厄介だと思うが、それだけ彼女のことが好きなのだと再確認させられもした。

「名取さん」

声をかけると、紗雪はハッとしたように振り返った。急いだ様子で男から離れる。

「秋月さん。ごめんなさい、もう着いていたんですね」

男が蓮をチラリと見てから、紗雪に視線を戻した。

「名取さん、こちらの方は？」

紗雪を見る目に熱がこもっている。

この男は彼女を狙っているのだと、蓮は察した。

「秋月さんといって、一ヶ月くらい前にパーティーで知り合ったんです。秋月さん、こちらはわたしの一階下に住んでいらっしゃる加藤《かとう》さんです。昨日ベランダからブラウスを加藤さんのところに落としてしまって、ご迷惑をおかけしたんです」

「あれくらい気にしないでください。ブラウスが汚れていなくてよかったですね」

「はい、買ったばかりなので助かりました」

紗雪は男に屈託のない笑顔を向けた。

彼は紗雪に見とれるように口元をゆるめる。

蓮は、紗雪にいますぐ引っ越してほしい気持ちでいっぱいになった。けれど、階下の男が気に入らないから引っ越してほしいなどと言えるわけがない。

悔しい気持ちで突っ立っていると、紗雪が目を丸くした。

「秋月さん、傘持っていないんですか？　びしょ濡《ぬ》れになっちゃいますよ」

「え？　ああ」

傘の存在なんて頭にも上らなかった。

と、紗雪が自分の傘を広げて、こちらに駆けてくる。

紺色の傘で、レース状の縁取りがついていた。

「ほら、シャツが濡れてしまっています。風邪引いたら大変ですよ」

咎《とが》めるような口調で言いながら、紗雪は肩かけカバンからハンカチを取り出した。

蓮の肩や、胸のあたりの濡れたところを拭ってくれる。

突然の接触に、蓮は固まった。鼓動が速まってどうにもならなくなる。

紗雪の手が伸びて、やわらかなタオル地のハンカチが頬にふれた。

蓮はびくりと体を強張らせる。

布地からは紗雪と同じ、甘い香りがした。

「あの……、秋月さん」

小さな声で、紗雪はおずおずと口を開く。

「加藤さんとのこと、気にしないでください。わたしが雨に濡れそうになったから加藤さんが引き寄せてくださっただけで、特別な意味はないんです。誤解しないでください」

必死な様子で紗雪は蓮を見上げていた。

蓮は胸を打たれる。

紗雪はあの男との関係を、蓮に誤解してほしくないと思ってくれたのだ。それはつまり、あの男よりも蓮のほうを気にかけてくれているということではないだろうか。

さっきまでの嫉妬心が、熱い感情に塗り変わっていく。

たまらなくなって、気づけば両腕を伸ばし、彼女を抱き寄せていた。

なんて細い肩だと思った。簡単に腕のなかに収まった体の小ささとやわらかさに、蓮は衝撃を受けた。

「秋月さん、あの」

戸惑いの声が耳を打つ。

蓮は我に返り、自分がとんでもないことをしていることに気づいた。

断りもなく女性を突然抱きしめるなんて、マナー違反だ。蓮は紗雪の両肩をつかんで距離を取った。

「すみません、名取さん。いきなりこんなことをして――」

紗雪は耳まで真っ赤になって、蓮から目を逸らしてしまう。

蓮は焦った。妥当な言い訳をひねり出さないと、彼女に嫌われてしまうかもしれない。ああでもないこうでもないと考えを巡らせていると、軒下にいる男――加藤と目が合った。

彼は忌々しげな目で蓮をにらんでいる。

「おい、きみ。いったいなにをしているんだ。名取さんが困っているだろう。肩から手を離しなさい」

加藤はもっともらしく注意をしてくる。

蓮は苛立ちを覚えた。

どの口が言う。あの男こそ、この雨の日にぴったりの口実を使って、彼女を抱き寄せることに成功したではないか。

加藤と視線をぶつけながら、蓮は紗雪をふたたび引き寄せた。

紗雪から動揺の声が上がる。

「あ、秋月さん――」

「傘から名取さんの肩が出ていたから、濡れてしまうと思って」

耳元でささやくと、紗雪の華奢な体がぴくんと震えた。

加藤が口元を歪ませる。抵抗らしい抵抗を見せず、蓮に抱きしめられるがままになっている紗雪を見て、彼は舌打ちをした。

「そういうことかよ、バカバカしい」

加藤は目を逸らして、アパートのなかに消えていった。

苛つく存在が視界から消えて、蓮は安堵する。

「雨ですか。そういうことだったんですね」

紗雪から声が上がった。見下ろすと、赤く染まった耳と頬がある。

「びっくりしました……」

「驚かせてしまってすみません」

少しだけ濡れている彼女の髪に、蓮は鼻先をそっとふれさせた。

甘い香りがする。

「加藤という男性、部屋に戻っていきましたよ。俺たちもそろそろ出かけましょうか」

「はい、そうですね」

紗雪はうなずいた。加藤の存在をそこまで気に留めていないようだ。

蓮にとって喜ばしいことだったが、この先が気がかりでもあった。

男に対して、紗雪は無防備すぎる。下心を疑わないのだ。

もし紗雪がほかの男にふたたび抱きしめられたら、きっと自分は耐えられない。

腕のなかでモゾモゾと紗雪が動いた。

「あの……秋月さん。そろそろ放してくださ――」

「俺はあなたを心配しているんですよ、名取さん」

己の独占欲を心配という言葉にすり替えて、蓮は告げた。

紗雪は「え？」と戸惑いの声を上げる。

雨足はいよいよ強くなり、傘を勢いよく叩きはじめた。

周りに人影はなく、ふたりきりだ。

「こんな短時間にふたりの男に抱き寄せられてしまうなんて警戒心がなさすぎます」

「だ、抱き寄せられたわけではなく、雨から庇《かば》ってもらっただけですよ」

「そういう口実だとは考えないんですか？」

紗雪は言葉を失ったようだった。

彼女の腰に回した腕はそのままに、蓮は少しだけ体を離した。

紗雪を見下ろすと、彼女は完全に混乱している様子で、顔は耳まで真っ赤になっている。

（なんて可愛いんだろう）

可愛くて、しっかり者で、明るくて、でもこんなにも隙だらけだ。

（放っておけない。ほかの男に取られたくない）

さまざまな感情を紗雪は与えてくる。嫉妬心もそうだし、どうにもならないほど大きくふくれ上がっている独占欲もそうだ。

「名取さん」

熱情にかすれた声で蓮はささやいた。

紗雪は傘の柄を両手で握り込んでいる。視線は斜め下に注がれていて、こちらを見ていない。

彼女の片頬に手を添えて、上向かせる。

やわらかい頬だった。

「あなたが好きです」

静かな声は、自分のものではないかのように聞こえた。ひとりの女に焦がれきった、別の男が発しているもののようだった。

きっとこの恋は、自分を大きく作り替えてしまったのだ。

嫉妬も、焦りも、独占欲も、蓮がこれまで経験したことのないものだった。

以前までの自分なら、そんな男を情けないと思うのだろう。ひとりの女に入れ込んで、恋情に振り回される姿を、みっともないと評するだろう。

けれどいまは、それでかまわなかった。

「あなたが好きです。俺の恋人になってください」

紗雪は息を呑んだ。見開いた瞳が濡れた感情に揺れていく。

「秋月、さん……」

「俺の名前は蓮です」

親指で、彼女のなめらかな頬を撫でた。

「だから蓮と呼んでください。そして、できることなら」

頬にあった指を、彼女の唇に下ろしていく。ふっくらした唇は桜色で、なにも塗っていなくても艶《つや》めいていた。

彼女への恋情に溶かされていくような心地がする。とろりとした熱に脳内が満たされて、陶然としたまなざしで、蓮は紗雪を見つめた。

「できることなら、あなたの唇にキスがしたい」

「秋月さん、わたし」

片頬を覆う蓮の手に、紗雪の手のひらが重なる。潤んだ瞳が、彼女の胸の内に宿る熱を表しているかのようだった。

「わたしも秋月さんが好きです。一年前、廊下ですれ違ったときからずっと、忘れられなかった」

蓮の鼓動が震えた。必死に言葉を紡ぐ紗雪に視線が釘づけになり、彼女の言葉だけが身の内を巡っていく。

「秋月さんが好き。大好きです」

思うより先に、蓮の両腕が彼女を抱き竦めていた。

紗雪の手から傘が落ちる。

雨にさらされ、全身が濡れた。唇に唇でふれた熱が、蓮の全身を指先まで侵していく。

奪うような激しいキスを、紗雪は必死に受け止めてくれた。

このときから蓮は、これまで以上に紗雪に夢中になっていった。

紗雪を守り、愛して、彼女のために生きていくのだと、それが自分の人生なのだと、疑いもなく信じていた。

いま思えば、自分は最初から紗雪に入れ込みすぎていたのだ。

盲目的に彼女を愛して、求め続けた。彼女と付き合えるようになっても、自分の気持ちのほうがずっと大きいと感じていた。それがもどかしくて、紗雪にもっと好きになってほしいと思い続けた。

すべてが変わってしまったのは四年前だ。空《から》になった紗雪の部屋で、書き置きを見つけた瞬間から。

当初は紗雪の身にトラブルが発生したのかもしれないと思って、不安と心配でいっぱいになった。

警察にも行ったが、書き置きが残されていたことを告げると「かわいそうだけどね、きみは振られたんだよ」と同情され、まともに取り合ってもらえなかった。

紗雪に親類縁者はいない。肉親は両親と祖父母だけだったが、残念ながら全員他界したと紗雪から聞いている。祖父母は老衰で、両親は不幸ながら早くに病死されたそうだ。

紗雪の友人に話を聞こうとしたが、あいにく連絡先を蓮は把握していなかった。

藁にも縋る思いで、蓮は紗雪が勤めていた会社を訪れた。

紗雪が姿を消した二日後の、夕方の時間帯だ。

対応してくれたのは、紗雪の上司である五十代の男性だった。

「二日前、名取さんから電話をもらいましたよ」

彼女は退職手続きを滞りなく終わらせていたようだ。引き継ぎの資料はメールに添付されて送られてきたらしい。

「仕事熱心な部下だっただけに、残念でした。引き止めたのですが、意思が固くてね。でも事情があるなら仕方ない」

上司はため息をついた。紗雪の所在はわからないとのことだ。

紗雪の行方を知る術《すべ》はなく、なにも手を打てないまま月日は流れた。

自分は紗雪に捨てられたのだと認識するのに、二年かかった。胸を引き裂くような痛みがあったけれど、彼女をあきらめたほうが楽かもしれないとも感じた。

いなくなった女をいつまでも想い続けてどうする。つらく虚しい人生が続くだけだ。

そうして蓮は、紗雪を忘れようと決意した。

＊　＊　＊

ベッドに寝転んだまま、サイドテーブルのスマホをつかむ。

ディスプレイを見ると朝の六時だった。

今日は休日だが、二度寝はしたくない。また同じような夢を見たらたまらないからだ。

（でもきっと俺は、今日一日中、何度も彼女のことを思い出すんだろうな）

これはもう呪いのようなものだ。

もしかしたら、会いに行きたいという衝動に駆られるかもしれない。そのときは自分を抑えきれるだろうか。

残念なことに、自信はあまりない。

佐伯の言うとおり、これは未練だ。

再会さえしなかったらこんな風にはならなかった。

紗雪のことで頭がいっぱいにならずにすんだのに。

（しかも彼女は俺の子を産み育てている。俺と紗雪、ふたりの子を）

＊　＊　＊

真冬の早朝は日がまだ昇らない。

薄暗い室内で蓮は身を起こした。

紗雪にとって生まれてはじめてできた恋人が、秋月蓮だった。

蓮は、彼氏いない歴二十三年になった紗雪にまっすぐな想いをぶつけてくれた。

それがいまから五年前のことである。

あの雨の日、愛を告白してきた蓮に対して、これまでにないほど紗雪の胸が高鳴った。彼はずっと紗雪にアプローチをし続けてくれていたから、彼の気持ちにはなんとなく気づいていた。そして紗雪自身も、蓮に惹かれつつあった。

紗雪が彼にはじめて出会ったのは、告白されたときから一年遡る。

当時紗雪は新卒の就職活動中で、秋月工業の採用面接を受けに行っていた。

面接が終わって、同じ就活生たちと会社の廊下を歩いていたときのことだ。前方からスーツ姿の男性が足早に歩いてくるのが目に入った。

彼は均整の取れたスタイルをしており、身長も高かった。年齢は二十代半ばくらいだろうか。遠目からでも端整な顔立ちをしていることがわかった。

秋月工業の社員であろう彼は、その場にいた就活生全員の目を奪った。

しかし彼本人は、紗雪たちにとくに関心を示していない様子だった。すれ違ったときにはじめてこちらの存在に気づいたという風情で、チラリと視線を投げてきた。その後、数歩の足音が聞こえたのち、止まる気配がした。

紗雪はそっと振り向いた。

唐突に彼と目が合う。

彼は紗雪をまっすぐに見ていた。目が合って、彼は驚いたようにわずかに目を見開いた。

その表情がなんだか可愛らしく思えて、紗雪は口元につい笑みを浮かべてしまった。

年上の男性に向かって可愛いなどと思うのは、失礼に当たるかもしれない。紗雪は申し訳なさを密かに込めつつ、軽く会釈をした。

彼は佇《たたず》んだまま動かなかった。

ただ突っ立っているだけなのに、彼の全身からは力強い魅力が放たれていた。スーツを着込んだ姿でも、鍛えていることがわかるほどの体つきをしていた。

紗雪は見とれかけたが、すぐに我に返って視線を前方に戻した。

(社会って広いな。あんなにカッコいい人が普通に歩いているのだもの)

来年から自分が身を置く社会人の世界に、紗雪は思いを馳《は》せた。

自分もあの人のような存在感を示せる社会人になりたい。

しかし紗雪は秋月工業の採用試験に落ちてしまう。第一志望だったから落ち込んだが、ほかに数社から内定をもらえたので気持ちを切り替えた。

そして蓮との再会は、社会人一年目の五月に訪れる。

同じ部署の社員たちと参加した異業種交流パーティーに、彼もいたのだ。

紗雪は社会人一年目であったため、とても緊張していた。先輩たちからは「気軽な会だからリラックスしていいよ。人脈作りをしておくとなにかと便利だから、友達を作りに来たっていうノリでいるといい」と言われている。

紗雪は人見知りするタチではないのだが、周りを見回せば世慣れた社会人ばかりだ。学生時代のノリで友達を作ろうとしても、浮いた存在になってしまわないだろうか。

最初のほうは勉強するつもりで、先輩に付き従った。しばらくしてコツのようなものをつかめた気がしたので、自分だけでがんばってみようとひとりで会場をうろうろしはじめる。

やがて四、五人と名刺交換し、談笑することに成功した。紗雪は胸を撫で下ろすと同時に、緊張が解けて気持ちが上向きになる。

社会人になったばかりでいつも目の回るような忙しさだったのだが、あと何年か経てば、自分もこの人たちみたいになれるかもしれない。余裕を持って人脈を作れるような社会人になれるよう、がんばりたい。

そうして肩の力が抜けてきた頃、とある男性に声をかけられた。この男が厄介な人物だった。

アパレル会社に勤めているという彼は、昭和時代のおじさまたちが見たら一様に眉をひそめそうな格好をしていた。高そうなスーツを着てはいるが、ネクタイをゆるめて着崩している。開襟シャツは途中までボタンを開けてネックレスまでつけているし、髪は茶色く染めていた。

紗雪はこのとき、緊張が解けてリラックスした状態にあった。だから声をかけてきてくれたこの男に、無警戒の状態で笑顔を向けてしまう。

愛想《あいそ》よく会話を続けていると、彼はどんどん物理的距離を縮めてきた。もう少し後ろに下がろうか迷っていたら、ふいに彼の手が伸びて紗雪の髪にふれてきた。

「綺麗な髪ですね」

紗雪は固まった。

「このワンピースも、華奢なあなたにとてもよく似合ってる」

男の手が下りて、紗雪の肩を軽くつかんだ。

その手が熱を帯びていたため、背すじがゾワゾワした。

「ありがとうございます」

言いながら、紗雪はさりげない仕草で男の手を振り払った。

この男から離れよう。そう思って、会釈しつつ立ち去ろうとしたら、彼の手が今度は紗雪の背にふれてきた。

今夜のために選んだのはドレッシーなワンピースで、背中がV字に開いている。その素肌が出ている部分に、男はわざわざ手を置いた。汗ばんだ手だ。

「あちらでもう少しお話ししませんか。できれば名刺だけでなく、プライベートの連絡先を交換していただけると嬉しいのですが」

さっきの倍くらい背すじに鳥肌がたった。個人的な連絡先の交換なんて、したくない。紗雪は断ろうとしたが、言葉が喉から出てきてくれなかった。

こういうとき、社会人であればどうやってあしらうのが正解なのだろう。

困りはてたとき、あいだに割って入ってくれたのが蓮だった。

「俺は彼女に会いにここへ来たんです。連れていかれては困る」

まるで先約をしていたかのような口ぶりに、男はうろたえたようだった。

先約というのは紗雪を助けるための方便だろう。でもこのときの蓮は、堂々としていたため方便に聞こえなかった。

男はすごすごと退散した。

紗雪は秋月工業ですれ違ったときのように、蓮に見とれてしまった。

あいかわらずモデルや俳優のようにカッコいい。内面から滲み出る力強さも、彼の魅力をいっそう引き立てている。

紗雪は男から助けてくれた蓮に礼を言った。そして秋月工業の就職面接の際に、彼を見かけたことがあると告げた。

なんと彼も、紗雪のことを覚えてくれていた。

紗雪は驚きつつも、嬉しかった。彼との会話はとても楽しく、話が弾《はず》むたびに心が浮き立った。

秋月工業ですれ違ったときは、社会人のなかには蓮のように素敵な大人がたくさんいるのだろうと思った。けれど社会人として一ヶ月間過ごしてみて、現実は違うことを学んだ。

少なくとも紗雪の務める電気機器メーカーには、蓮のように人を強力に引きつけるような人物はいない。

余裕ある態度は彼の魅力だったが、どこか子供のようなもの慣れなさがあるのにも気を惹かれた。ものすごくモテそうなのに、恋愛経験はないらしい。

本当だろうか。紗雪は疑ったが、彼の言動を見ていると本当なのだろうと思えた。

彼は意を決した様子で、このあとふたりで飲まないかと誘ってくれた。

紗雪は胸の高鳴りを覚えた。が、その誘いに乗っていいのかわからなかった。

戸惑って沈黙すると、蓮は慌てたように言い添えた。

「すみません、急ぎすぎました。また次の機会にお誘いします。……しても、よろしいですか？」

その様子を見て、なんだか可愛いと感じた。思わず頬が綻《ほころ》ぶ。

「はい、ぜひ。今夜にでも」

蓮は嬉しそうに笑った。

このあと彼との仲は、トントン拍子に進んでいった。

蓮は大ざっぱなようでいて、意外とマメな性格をしていた。メッセージは毎日送ってくれたし、週に二、三回は電話をかけてきてくれた。

毎回話が弾んで、蓮となら何時間でもしゃべっていられると思った。

頻繁に食事に連れていってくれて、そこでもたくさんおしゃべりをした。彼は特別話し上手というわけではなかったし、女性の扱いに慣れているわけでもなかった。

でも、大手企業の重要なポジションについているだけあって見識が広く、彼の話を聞いているだけで楽しかった。

それでいて彼は、紗雪の話をいつも真剣に聞いてくれた。ときには冗談を言い合って、笑い合った。

会話だけでなく、不器用な優しさだったり、情熱的なまなざしだったり、力強い声音だったりに男らしさを感じて、紗雪はいつも胸を高鳴らせていた。

恋心は少しずつ育っていき、一ヶ月経った頃には、紗雪は蓮のことが好きになっていた。就活ですれ違い、蓮と目が合ったときにはすでに、恋の種が紗雪の心に蒔《ま》かれていたのかもしれない。

蓮の言動から、彼も紗雪に心を寄せてくれていることはわかっていた。でも紗雪は、自分からアプローチすることがなかなかできずにいた。それは、紗雪がこれまで誰ともお付き合いをしたことがなかったからだ。好きな男性どころか、親しい男友達すらいないのである。

その理由について、学生時代の友人によれば『紗雪は近寄りがたい感じがする』からだそうだ。

紗雪はクラスメイトの女子よりも、ずいぶんと大人びているらしい。落ち着いていて、しっかり者で、いわゆる『ひとりでも生きていけるタイプ』に見えるとのことである。

少し仲よくなれば気さくな性格だとわかるそうなのだが、そうでない間柄だった場合はなんとなく遠巻きにしてしまうらしい。

紗雪のようなタイプよりも、見るからに可愛らしい感じの『守ってあげたい女の子』に男子の評価が集中するのは、紗雪にもなんとなくわかる。

自分から男子に話しかけに行くような積極性はなかったし、その必要性も感じなかった。必然的に彼らとの距離は開いたままになる。

そういう感じでなんとなく大学までを過ぎ、社会人になった。

これまで付き合ったことがないと人に話せばびっくりされるので、その理由として無難なところをチョイスしている。蓮にも告げた、『学生時代はバイトに明け暮れていたから、恋愛をする時間がなかった』というものだ。

ちょっと考えれば、バイト先で恋に落ちそうな機会くらいあることに気づくだろう。けれど、そこまで深く推察する人間などそうそういない。だから大体これでみんな納得してくれた。

自分が落ち着いていてしっかり者であるという理由は、五歳のときに父親を亡くしているというところから来ているのかもしれない。

その後の会社経営は母が継ぎ、朝から夜中まで家を留守にして働いていた。

だから家事のほとんどを紗雪がこなした。

身寄りは母方の祖父母のみだったが、遠方に住んでいたため、手を借りられなかったのだ。

いまの時代だとネグレクト判定されかねないくらいの家庭事情だったかもしれないが、両親は生前、たくさんの愛情を紗雪にくれた。

同年代の女子よりもずいぶんしっかり者になり、大人びてしまったかもしれないが、生きていく上で武器になったことも多々ある。

だからこそ紗雪は両親に感謝していた。

しかしながら男子たちから遠巻きにされる状況は、社会に出てから一変する。

周囲の男性たちが声をかけてくるようになったのだ。それも、頻繁に。

学生のなかにいれば近寄りがたい落ち着きっぷりだったのかもしれないが、社会に出たらなんてこともなかったというわけである。

三十代、四十代の女性らと比べたら、社会人になりたての紗雪などまだまだヒヨッコだ。つまり、声をかけづらい存在ではなくなったのだ。

学生時代とのギャップに紗雪は戸惑った。男性のあしらい方なんて知らないし、女性として褒められたりデートに誘われたりしたときにどう返せばいいのかわからない。

結果、獲得したのが『ほほ笑んで曖昧《あいまい》に会話を濁《にご》す』という技だ。

それで社会人一ヶ月目をなんとか乗り越えたのだが、酒の入ったチャラ男には残念ながら効果なしであった。それで困りはてていたところを、あのパーティーで助けてくれたのが蓮だったのだ。

蓮と恋に落ちて、恋人同士になった。愛して愛されて、子供を身ごもった。

このまま幸せな道を、蓮と歩き続けるのだと思っていた。

＊＊＊

紗雪は唐突に目を覚ました。

天井を見て、それからまばたきをした。

夢と現実が曖昧に溶け合って、いまがいつなのかわからなくなる。こういう経験は四年前に何度もしてきたから、すぐに落ち着いて対処できた。

深呼吸する。そして言い聞かせる。自分に、ゆっくり、何度も。

あのときは終わった。

いまは別の道を歩いている。耀太とふたりで生きている。

何度目かの深呼吸を終えると、過去から抜け出て現実感が戻ってきた。このような感覚はひさしぶりだ。二年くらい前まではこれに苦しめられていたが、ここ最近は夢に見ることもなくなった。

ひさしぶりにこのような状態になったのは、蓮と再会したからだろう。蓮は社長になって、いっそう精悍《せいかん》になっていた。けれど根本的なところは変わっていない。意思の強いところ、強引なところ、そして優しいところ……。

またしても思い出に意識を持っていかれそうになって、紗雪は我に返った。

そこではじめて、隣に寝ていたはずの耀太の姿がないことに気づく。

慌てて飛び起き、見慣れぬ室内を見回した。どこにもいない。リビングだろうか。

それにしても広いベッドだ。おんぼろアパートでシングルベッドを耀太と分け合っている身としては、逆に落ち着かない。

昨夜は蓮のマンションで過ごすはじめての晩だった。

緊張で寝つけないだろうと思っていたが、お風呂から出て耀太を寝かしつけ、そのまま一緒に寝入ってしまったらしい。昨日一日でいろいろありすぎて、体が疲れきっていたのだろう。慣れない環境でもすぐに寝られたのは僥倖《ぎょうこう》だった。

紗雪はベッドから降りた。いつもなら冬の寒さに身震いするところなのに、今朝はそれがない。

エアコンが動いているのだ。つけた覚えはないのにどうしてだろう。

リモコンを見てみると、毎朝六時に暖房がかかるようセットされている。

蓮がやっておいてくれたのだ。

「こういうところ、変わってないな」

紗雪は思わず苦笑した。普段はぶっきらぼうで細かいことを気にしない性格なのに、変なところでマメなのだ。

「ママ、おはよー」

物音に気づいたのか、耀太が寝室に顔を出した。ふっくらした頬が桃色に上気している。

「窓にフジサンあったよ！」

嬉しそうに言いながら駆け寄ってくる耀太を、紗雪は抱き上げた。

「今日は晴れてるから見やすいよね。ママも見たいな」

「あっちあっち」

耀太はリビングを指差した。足を運びながら、紗雪は聞く。

「このマンションに来てよかった？」

「うん！」

大きくうなずく耀太の頬に、紗雪はキスをした。

第三章　境界線

快晴の空の下に鎮座する富士山は、堂々として壮麗だ。

耀太とバルコニーに出てしばらく眺めてから、朝食をとった。

今日は土曜日だから家事に専念できる。紗雪はテキパキとすませていった。

「さーて。一日の予定が決まったぞ」

リビングのテーブルで書きつけたメモを折りたたみつつ、紗雪は耀太に宣言する。

耀太は紗雪の隣で、ひらがなワークに一生懸命取り組んでいる最中だった。手を止めてこちらを見る。

「なぁに、ママ？」

「今日は買い物デーにします！」

紗雪が勢いよく立ち上がる。

耀太も幼児用の小さな椅子から降りて、右手を上げた。

「はーい！」

「あったかくして行こうね」

耀太のコートや手袋を用意しながら紗雪は言った。

買い物デートとなった理由は、家事をひととおりこなした結果、あることに気づいたからである。このマンションで過ごすための物品が、足りないのだ。

食材や衣類などは昨日のうちにアパートから持ってきたものの、いくつかの生活必需品が見当たらなかった。

先ほど朝ごはんを作るためにキッチンに立ったのだが、まず、サランラップがない。キッチンペーパーもない。電子レンジはあるが、トースターはない。食器類も、大人用の物はあっても、子供用の物は当然用意されていなかった。

嫌な予感がして洗面所を覗くと、洗濯機はあっても洗剤が切れていた。そのほかにも、ティッシュのストックがなかったり、タオルが少なかったりして、実際に生活していくのに心許《こころもと》ない状況だったのである。

蓮はここに住んでいるわけではなかったから、生活品が足りないのは当然だ。昨日はそこまで考えが及ばなかった。

トースターやタオルなどはアパートから持ってこればいい。ここからアパートまでの距離は、自転車で三十分くらいだから問題なかった。

買い物リストとアパートから持ってくる物リストを、ダウンジャケットのポケットに入れる。耀太にコートを着せて、マフラーを巻く。

されるがままになりながら、耀太が聞いてきた。

「自転車？　レンさんのお車？」

「自転車だよ。昨日蓮さんが、元のおうちからマンションに車で運んでおいてくれたの」

細々とした物を買うのにまで、蓮を頼るわけにはいかない。蓮にはこの部屋を貸してもらっているだけで充分すぎるくらいだ。

ここは分譲マンションのようだから家賃はかかっていないだろう。マンションを出るときに、水道光熱費にプラスして、お世話になった気持ち分を封筒に入れて置いていこうと、紗雪は考えていた。

それにしても――。

このマンションに一時的に住まわせてもらうという案は、紗雪にとってメリットしかなかった。とくに耀太の安全の確保という点では、これ以上ないほどよい環境だ。

しかし発起人の蓮からしてみれば、デメリットばかりなのではないだろうか。

このマンションに住んではいないが便利に使っていると、彼は言っていた。でも紗雪と耀太がここに住むとなると、自由に使えなくなってしまう。

それ以前に蓮は、紗雪に対して怒りの感情を抱いていたはずだ。

あのような別れ方をした上に、彼に内緒で子供を産み育てていたのだから当然である。その上子供には、父親は亡くなっていると話していたのだからなおさらだ。

蓮には紗雪を怒るどころか、憎んだり恨んだり、もう顔も見たくないと思ったりする権利がある。

紗雪にも、そうされる覚悟はちゃんとあった。

それなのに、蓮はこの一室を貸してくれた。しかも放火犯から遠ざけたいという理由で、だ。

これは優しさだ。蓮は、紗雪と耀太を心配してくれたのだ。

そんな風に優しくされるべき理由は、紗雪にはない。

蓮は、紗雪と耀太になにかあったら寝覚めが悪いからだ、と言っていた。それが優しくしてくれる理由だろうか。それだけの理由でここまでしてくれるものだろうか。

四年前なら答えを導き出せたかもしれない。けれど、いまの紗雪にはわからなかった。蓮と離れ離れだった時間が長すぎたせいだ。

昔は蓮の考えていることが手に取るように理解できた。

でもいまは、蓮がなにを考え、どう思っているのかわからない。

「よし、行こっか」

「うん！」

自転車の鍵を取り、紗雪は耀太を玄関に促した。

広い玄関で耀太に靴を履かせていたところ、ふいにインターホンが鳴る。

びっくりしてその場で「はい！」と返事をすると、「俺だ」と返ってきて二度驚いた。

蓮の声だ。

紗雪は慌てて扉を開けた。

「おはよう。どうしたの、蓮」

「近くを通りかかったから寄っただけだ。どうだ、ひと晩過ごしてみて不便なことはなかったか？」

土曜だというのに、蓮はスーツを着ていた。

これから休日出勤なのだろうか。このマンションから秋月工業まで、車で三十分かかるはずだ。ここに寄って、間に合えばいいけれど。

それにしてもスリーピースのスーツを、ここまでカッコよく着こなす男もそういないだろう。

ふいうちで現れた蓮の立ち姿に、そんな場合ではないのに紗雪は思わず見とれてしまった。

「紗雪？」

怪訝な顔になる蓮を見て、我に返った。紗雪は慌てて首を振る。

「ええと、不便なことなんてなにもないです」

「そうか。出かけるのか？　どこに行くんだ」

「いろいろと買い出しに行くつもりだよ。あと、アパートから生活必需品を持ってくる予定」

紗雪はダウンジャケットのポケットからメモを取り出した。

耀太が紗雪の後ろから顔を出す。

「今日はお買い物デーなの」

蓮は耀太にやわらかく笑いかけた。

「そこにいたのか。おはよう、耀太」

「おはようございます」

耀太は嬉しそうに挨拶を返す。

「紗雪、そのメモちょっと貸してみろ」

またもやふいうちで、蓮にメモを取られてしまった。

ずらっと並んでいる買い物リストに目を走らせたのち、彼はつぶやく。

「これならあそこのショッピングモールに行けば全部手に入るな。アパートへの通り道でもあるし、ちょうどいい」

紗雪はわけがわからなくてまばたきをした。

「ちょうどいいって？」

「車を出す。ついてこい」

独断的に言って、蓮はメモを自分のポケットに入れた。

紗雪はぎょっとする。踵《きびす》を返して廊下に出ようとする彼を、手を伸ばして引き止めた。

腕を取られて、蓮はびっくりしたように振り返る。

紗雪は必死になって言った。

「連れていってもらわなくてもいいよ。自転車で行くから大丈夫」

「これだけの物を買うのに、自転車だと一往復じゃ足りないだろう」

蓮はなぜか動揺している様子だ。

紗雪の顔と手を交互に見ている。

「食器類にドライヤーに、トースターまであるじゃないか」

「三往復くらいで行けるから平気だよ」

「この寒空のなか、三往復なんてさせられるか」

「手を借りたくないって言っているの」

ここは『迷惑をかけたくない』という言い方をするべきだ。それが本心なのだから。

けれど紗雪は、あえて可愛げのない言葉を選んだ。

「蓮の助けはいらないから、放っておいてほしい」

言いながら紗雪は、蓮の腕から手を放した。

蓮は、遠ざかる紗雪の手を目で追った。ややあって小さく言う。

「助けているつもりはない。これは義務感だ」

「義務感？」

怪訝に思って聞き返すと、蓮は視線を紗雪の背後に移した。

そこには耀太がいる。

父親としての義務感ということだろうか。そんなことを感じてほしくない。

蓮はこちらの気持ちなどお見通しだとでも言うように、皮肉げに笑った。

「言いたいことはわかるが、こんなところで言い合いをしていても仕方ないだろう。

「耀太が困っているぞ」

紗雪はハッとして振り返った。

途方に暮れたような風情で、耀太が立ち竦んでいる。大人たちの言い合いを前にして、すっかり戸惑ってしまったようだ。

紗雪は気を取りなおして「ごめんね、耀太。なんでもないから大丈夫だよ」と頭を撫でた。

耀太はほっとした顔になる。

「よし、じゃあ行くぞ」

蓮が歩きはじめたので、紗雪は耀太の手を取って慌ててあとを追った。これはもう、蓮の言うとおりにするしかないだろう。

あいかわらず強引だ。五年前からいつもこのパターンである。

「スーツ姿だけど、仕事はいいの？」

「もう終わった」

短い答えが返る。態度はそっけないが、歩調を紗雪と耀太に合わせてくれているのがわかった。

いくら義務感とはいえ、こんな風に優しくされてしまうと困る。

広い背中を追いながら、紗雪は心のなかで小さく息をついた。

マンションの地下駐車場に停まっていたのは、黒色のSUVだった。昨日のセダンは社用車で、プライベートで使っているのはこちらなのだろう。

四年前に蓮が乗っていたのも、メーカーは違うがSUVだった。これくらいの大きさが蓮の好みのようだ。

後部座席にはチャイルドシートがすでに取りつけられている。秋月工業の物だろう。準備がよすぎて、紗雪はふたたび困ってしまった。

「どうした、早く乗れ。耀太が寒がってるぞ」

蓮に急かされ、紗雪はおずおずと扉を開ける。耀太を抱っこして、真新しいチャイルドシートに乗せた。

「おっきいお車だねぇ、ママ」

隣に座った紗雪に、耀太は無邪気に笑う。

まずアパートに寄って、必要な物を持ってくることになった。

車まで運ぶのも蓮がやってくれたから、紗雪は重たい思いをせずにすんだ。ありがたかったが、彼に頼りすぎているようで気が引ける。

最初は自分で運ぼうとしたのだ。しかし、トースターを持ち上げたときにやらかしてしまった。抱え上げて歩こうとしたところ、コードが脚に絡まって転びそうになったのだ。

それを後ろから両腕で抱き止めてくれたのが、蓮だった。

腰に回る腕のたくましさに、紗雪は動揺した。

頭のすぐ上から苦々しい声が降ってくる。

「本っ当におまえは危なっかしい」

「ご、ごめんなさい」

紗雪は慌てて体勢を立てなおしたが、蓮の腕はなかなか離れてくれなかった。それどころか、抱きしめる力がわずかに強くなった気がする。

紗雪はさらに戸惑った。

「もう大丈夫だよ、蓮。ありがとう」

蓮は我に返ったように体を強張らせ、それから腕を離した。

「貸せ」

ぞんざいな言い方で、蓮はトースターを奪い、スタスタと歩いていった。ついでに耀太が抱えていた絵本やおもちゃも引き受けている。

紗雪は慌てて蓮のあとを追った。

そうして車に戻り、いまは一路ショッピングモールを目指している。

目的地は郊外にあり、三十分ほどの距離だ。

車に揺れるうちに耀太は寝てしまった。

「この子、車に乗るとすぐに寝ちゃうの」

紗雪の言葉に、蓮は優しげに目を細めた。

その表情をミラー越しに見て、紗雪はどきりとする。

蓮の言葉遣いはぞんざいだし、態度もぶっきらぼうだ。昔といまとでは紗雪への接し方がずいぶんと変わっている。四年前は恋人らしく、表情や声音はいまと比べようもないほど甘かった。

だというのに、ふとしたときに見せる表情や仕草が四年前と同じように優しくて、紗雪を戸惑わせた。

「寝ると、子供の体は重くなるって本当か？」

「うん、体中の力が抜けるせいだと思う。抱っこすると、起きているときよりずっしりくるよ」

「そうか、たしかめてみたいな。あとで抱っこさせてくれ」

嬉しさを滲ませながら言う蓮を、突っぱねるべきだ。きちんと距離を取るべきだ。

けれどそれができない。

自分の中途半端さが嫌になる。

そうこうしているうちに、車はショッピングモールに到着した。

チャイルドシートのなかでぐっすり眠る耀太を、蓮が抱き上げる。抱き慣れていないせいか、やり方がぎこちない。

「本当だ、ずっしりくるな」

「首のあたりとお尻に腕を回すんだよ」

紗雪は店のチャイルドカートを持ってきた。

斜めに倒したチェアに耀太を寝かせてもらう。

耀太はむにゃむにゃとなにかをしゃべったが、またすぐに眠ってしまった。

「可愛いな」

無意識といった感じで、ぽつりと蓮がつぶやいた。

紗雪は聞こえないふりをして、カートを押す。

「行こっか」

買い物の最中でも、紗雪は蓮とひと悶着《もんちゃく》しかけた。なにしろ、すべてのレジで蓮が紗雪に財布を出させないのだ。

「俺が買う」

「なんで!?」

「……。義務感だ」

レジの前で払う払わないの争いを長々とするのはさすがに気が引けた。レジの店員を困らせるだけだ。その上耀太が、目を覚ましてしまうかもしれない。

紗雪はあきらめた。

どうせ蓮は引いてくれないのだ。代金は、マンションを出ていくときにまとめて封筒に入れておこう。

「あとで返そうなんて考えるなよ」

蓮がぶっきらぼうに言った。

「水道光熱費も世話になった代金もいらないからな。マンションを出るときに封筒に入れて置いておくことも禁止だ」

「先を読むの、やめてもらえないかな」

恨めしい気持ちで蓮を見上げると、彼は買い物袋を持ちなおしつつ不敵に笑った。

「金ならあまってる。使いどころを探していたからちょうどよかったよ」

「そういうことを言ってると友達なくすよ」

「それになんの問題が？」

紗雪は思わず笑ってしまった。

あいかわらず強気だ。

専門店エリアに差しかかる。耀太のカートを押していた紗雪は、ふと店頭に気を引かれた。

雑貨屋の前面に、小さな陶器の置き物が飾ってある。

ずんぐりむっくりの子豚のキャラクターたちで、いろんなポーズを取ってコミカルな立ち姿をアピールしていた。可愛いというよりも、ブサ可愛いといった感じである。

紗雪は昔からこういう系統のキャラクターが好きで、いろいろと買い集めていた。

四年前蓮とデートをしていたとき、ブサ可愛のキャラグッズを嬉々として手に取る紗雪を、蓮はよくからかったものだ。

思い出そうとしていなかったのに、鮮明な思い出がよみがえってくる。

あれは春先の頃で、紗雪の髪はまだ長かった。昔の宿場町の風情ある街並みを楽しんでいたとき、目についた小物屋に蓮と足を踏み入れた。

布張りの小さな猫を紗雪が手に取ると、蓮が覗き込んできた。

『これまた不細工な猫だな』

『なに言ってるの、可愛いじゃない』

『こっちのほうが可愛くないか？』

蓮は近くにあった子兎《こうさぎ》の置き物を指差した。

あからさまに可愛いその子兎を一瞥《いちべつ》したのち、太りすぎて目つきの悪い猫の置き物を、紗雪はレジに持っていった。

『俺が買ってやるって。それにしても、紗雪の趣味はヘンだよ』

猫を取り上げて、蓮はレジのおじいさんに渡す。

紗雪は拗《す》ねた声で言った。

『ヘンじゃない。でも、ありがとう』

包装袋を受け取りつつ、紗雪は蓮と並んで店を出る。

『じゃあ蓮の趣味は？　どういうのが可愛いの？』

『そんなの決まってるだろ』

店先の花壇から花が香り、路傍の清流が心地よい水音を立てていた。

甘い予感がした次の瞬間、紗雪は肩を抱かれていた。唇にふれるだけの、やわらかいキスを受ける。

周りにはちょうど誰もいなかったから、紗雪は必要以上に頬を赤らめずにすんだ。

『世界でいちばん可愛いのは紗雪だよ』

甘くとろけるようなまなざしで、蓮は紗雪を見つめていた。


チャイルドカートを押しながら、紗雪は小さく唇を噛む。

(思い出さないようにしていたのに)

胸が痛いほどに締めつけられてしまうから。

「十二時半か」

腕時計で時間を確認しつつ、蓮が言った。

「昼メシでも食べてくか？」

――冗談じゃない。

紗雪が断ろうとしたとき、小さく声を上げながら耀太が目を覚ました。

「んー、ママぁ」

眠たげな声を上げながら、ねだるような目でこちらを見上げる。

紗雪は嫌な予感がした。

「お腹ぺこぺこー。ごはん食べたい」


子供連れだと、フードコートで食べるのがいちばん気楽だ。元からざわついている場所なので、子供が突発的に大きな声を出したりぐずったりしてもおおよそ黙認される。それにいろんな店があるので、子供は食べやすいうどんにして、親は手っ取り早くハンバーガーにもできる。

蓮と付き合っていた頃、デートのときにこういった場所を使わなかったわけではない。映画を観たあとだったり、そのときふたりの食べたい物がバラバラだったりしたときなどに立ち寄ったことがある。

けれどそういう機会はめったになかった。

蓮は騒がしいところよりも、ゆったりできる静かな場所で食事することを好んだからだ。『個室であればなおいい』とも言っていた。気になる店を見つけては予約して、紗雪を引っ張り込んだものだ。

その過去があったから、蓮にフードコートでの昼食を提案することに躊躇した。迷っていると、蓮のほうから提案があった。

「フードコートにでも行くか」

「いいの？」

紗雪はびっくりして目を丸くした。

蓮は顔をしかめる。

「なんでそんなに驚くんだ？」

「だって蓮は騒がしいところで食事するの好きじゃないでしょ」

「そんなことはない」

足をフードコートに向けながら、蓮は言った。

「ああいうところも好きだよ。昔、一緒に行ったことがあるじゃないか」

「……そうだけど」

「それに、以前聞いたことがある。子連れのときはああいう場所が気楽なんだろう？」

気遣ってくれたのだ。チャイルドカートを握る手に、紗雪は力を込めた。

「……放火犯が捕まったら」

いまここで口にしなくてもいいことを、紗雪は言う。言わずにいられなかった。

「そのときは、出ていくから。それ以降はもう会わないよ」

蓮の視線がこちらを向く気配がした。

けれど紗雪は、目を合わせられなかった。

「ああ」

しばらくして、蓮がぽつりと言った。

フードコートはそこそこ混んでいた。

「わかってるよ」

「オムライス食べたい」と耀太が言って、蓮は「チャーハンが食べたい」と言った。

紗雪はトマトパスタを選んだ。

耀太と蓮は、互いの料理をひと口ずつ取り替えっこして楽しんでいる。

その様子を紗雪は黙って見ていた。

耀太は蓮とのやり取りを純粋に楽しんでいるようだ。人見知りだが、蓮とは会ってすぐに打ち解けられている。

蓮はもともと子供好きだが、特別に子供の扱いを心得ているわけではないだろう。ひとりっ子だし、身近に小さい子はいなかったはずだ。

それなのに耀太は蓮に懐いた。

その理由は、蓮を見れば一目瞭然だ。

蓮が耀太に送るまなざしは、とにかく優しいのだ。まなざしだけでなく、声や言葉にも愛情があふれている。

「ほら耀太。口元にケチャップがついてるぞ」

「んー」

オムライスのスプーンを握ったままでいる耀太の、汚れた口元を蓮はウェットティッシュで拭った。耀太の世話を焼く蓮はどことなく嬉しそうだ。

「ありがとー、レンさん」

「どういたしまして。お礼をちゃんと言えて偉いぞ」

蓮は耀太の頭を撫でた。

耀太ははにかみながら笑う。

誰が見ても、自分たち三人を親子だと思うに違いない。休日に買い物に出かけ、ついでに昼ごはんを食べている、仲のいい親子だと。

紗雪はお腹のあたりがチクチクと痛む心地がした。

この幸せな家族像に埋没してしまってはいけない。必要以上に距離を縮めてはダメなのだ。自分たちは近い未来にまた別々の生活に戻るのだから。

蓮もそれをわかっているはずだ。それなのにどうしてこんな風に耀太に優しくするのだろう。

愛しくてたまらないというようなまなざしを、向けるのだろう。

「どうした、紗雪？」

気づいたらうつむいていた。

蓮の気遣う声が聞こえてくる。

「気分が悪いのか？」

「なんでもない。ごめん」

紗雪は笑顔を作って顔を上げた。端整な蓮の面差しを視界に入れて、それからすぐによそに視線を移す。

蓮の表情を見ていられなかった。

蓮は昔から、思ったことが顔に出やすいタイプなのだ。

だからわかった。蓮がいま、真剣に紗雪のことを心配してくれているということが。

「本当に大丈夫なのか？　人混みに疲れたのなら言えよ」

「うん、本当に大丈夫だよ。ありがとう」

「そうか」

ほっとしたような声だった。

ごちそうさまをした耀太が、ほんわかとした声で言う。

「レンさん、ママ大好きなのね」

「えっ？」

蓮がふい打ちを食らったように見返した。

紗雪も驚いて耀太を見る。

耀太はのんびりとした口調で言った。

「だってレンさん、ママにおしゃべりするとき、すごく優しいお顔してるもん」

蓮は絶句したようだった。

それは紗雪も同じで、耀太の笑顔の前でふたりして黙りこくってしまう。

「……俺は」

声を押し出すように、蓮は苦し紛れに言った。

「俺は誰にでも優しいんだよ」

紗雪はまたうつむいて、唇を噛んだ。

……もし。

もし、紗雪と耀太を気遣ってくれる理由が、義務感だけではないとしたら。

そこに別の感情が——たとえば、愛情があるのだとしたら。四年前のような愛情があるのであれば。

いますぐにでも自分たちは、蓮から離れるべきだ。

紗雪は蓮と一緒になる気はない。耀太は自分ひとりで育てると決めている。

この先秋月工業が傾く可能性は、ゼロではない。その場合四年前と同じように、自分では蓮を支えきれないだろう。

それに、堕胎を迫ってきた蓮の父親との関わりを持ちたくなかった。耀太を彼らに会わせたくない。

秋月家に耀太を関わらせない。自分も関わらない。いままでしてきたことを、これからも続けていくだけだ。

「お皿、置いてくるね」

なにごともなかったかのように装って、紗雪は立ち上がった。

「紗雪」

蓮に呼ばれて、体が強張る。

彼の声音は、どうしていつもこんな風にまっすぐに心のなかに届くのだろう。

「誤解しないでくれ。俺は義務として、必要なことをしているだけだ」

「知ってるよ。感謝してる」

紗雪はほほ笑んだ。

「放火犯、早く捕まるといいね。蓮に長期間迷惑かけるのは申し訳ないもの」

「迷惑とは言っていないだろう」

蓮の言葉を聞かないようにして、トレイを手に踵を返す。

蓮の声が追ってくるようなことはなかった。

紗雪の鼓動は速まったまま、なかなか落ち着いてくれなかった。


蓮が車のトランクに買った物を詰め込んでくれた。

礼を言って、紗雪は耀太をチャイルドシートに乗せる。

耀太の隣に座りシートベルトをつけていると、運転席からふいに蓮の手が伸びてきた。小さな紙袋をぶら下げている。

「これ、耀太にやるよ」

「……これ以上、なにかもらうわけにはいかないよ」

紗雪はやんわりと遠慮した。

蓮には昔からこういうところがあった。とにかくプレゼントが多いのだ。誕生日でもクリスマスでもないのに、贈り物を買ってくることが多々あった。

もらいすぎていると感じたとき、『どうしてこんなにたくさんプレゼントをするの？』と聞いたことがある。

すると彼は、なにを当たり前のことを、といったような顔で答えた。『紗雪の喜ぶ顔が見たいからに決まってるだろ』と。

「紗雪じゃなくて耀太にあげるんだよ。それならいいだろ」

「そういう問題じゃないから。そもそもいつ買ったの？」

「おまえがトイレに行ったときだよ。耀太はまだ寝ていたから俺が選んだんだ。別にいいじゃないか、目についたのを買っただけのことなんだから」

紗雪と蓮がまた言い合いをはじめると、耀太がみるみる困り顔になった。

だから紗雪は、ここでも折れざるを得なくなる。

「わかった。でもこれきりにしてね」

「よし、お許しが出たぞ。ほら耀太」

嬉しそうな蓮の声に、耀太が紗雪の様子を窺ってくる。

紗雪はほほ笑んで頭を撫でた。

「よかったね、耀太」

「うん」

ほっとした顔になり、耀太は両手を伸ばして受け取った。

「出発するぞ」と蓮が言って、エンジンがかかる。

紙袋を開けようとしたものの、小さな指はまだまだ不器用で、うまく開けられないようだ。

紗雪が引き取って、袋口を開ける。中を見て驚いた。

手のひらに乗るくらいの小さな置き物だ。目つきの悪い子豚が、こたつに入ってぐうたらと寝そべっている。一見して可愛いと言えるような姿ではないが、コミカルな愛嬌《あいきょう》があった。

「わあ、可愛い」

耀太が嬉しそうな声を上げた。

「可愛いねぇママ。ブタさん、ねんねしてるね」

「……そうだね」

かすれた声で紗雪は言った。耀太には紗雪の好みが遺伝しているらしく、紗雪と同じでブサ可愛好きだった。

『どういうつもり？』と蓮を問い詰めてもよかった。でも、できなかった。

――『紗雪の喜ぶ顔が見たいからに決まってるだろ』

あのときと同じ回答が返ってきたらと思うと、できなかった。

「あのマンションは殺風景だから、置き物でもあれば多少は和むんじゃないか？」

言い訳をするような口調で、蓮は言った。

「雑貨屋の店頭で、それがいちばんに目に入ったから手に取ったんだ」

きっとそれは本当のことだろう。蓮はいつも素直だ。本心を包み隠すことが苦手な人だ。感情と思考と行動が一直線につながっていて、ブレがない。

そういうところも好きだった。

紗雪は心を落ち着けるように目を閉じた。

それからまぶたを開き、バックミラー越しに蓮を見る。

「ありがとう、蓮」

「ああ」

ほほ笑む紗雪に、蓮はほっとしたように瞳をゆるめた。

「耀太の好みに合っているか、わからなかったんだけどな。ふたりに喜んでもらえてよかった」

蓮の、飾り気のない素直な気持ちにふれた気がした。紗雪は胸の痛みをこらえて目を伏せた。

マンションに帰りつき、蓮は車を地下駐車場に停めた。

例によって眠ってしまった耀太と大量の荷物をふたりで部屋に運び終え、最後に紗雪は、子豚の置き物を玄関のシューズボックスの上に飾った。

「今日は蓮にたくさんお世話になったね」

革靴を履く広い背中を見つめながら、紗雪は告げた。

「どうもありがとう」

「いや、気にしないでくれ」

履き終えて、蓮がこちらを振り返る。

端整な面差しにやや気怠げな雰囲気が漂っていて、紗雪はどきりとした。蓮にはっい目を奪われてしまう。

自分の動揺を隠すように、紗雪は言った。

「疲れたでしょう？　休日出勤の日に、ごめんね」

「これくらいのことでは疲れないよ。それよりも俺は」

そこで言葉を切って、蓮は紗雪から目線を外した。なにかを言いあぐねているような様子だ。

紗雪はなんとなく嫌な予感がした。

蓮の視線が戻ってくる。

憂いと熱を帯びたまなざしに、鼓動が速まった。

蓮の、男らしく引きしまった唇がゆっくりと動く。

「俺は今日一日、紗雪と耀太と過ごしていてすごく楽しかった。嫌なことなんてひとつもなくて、充実して、ただ楽しかったんだ」

「小さい子供と出かける機会なんてそうそうないもんね。珍しい体験だったからそう感じるんじゃない？」

内心の動揺をなんとか隠しながら、紗雪は笑った。

けれど蓮は笑わなかった。彼のまなざしはこちらの心を射抜いてくるようだ。それでいて苦しみや痛みをも、含んでいるように見えた。

「そうじゃない。珍しいからじゃない。今日一日紗雪たちといて、もしかしたらこの一日が、俺の毎日だったかもしれないと思った。俺はこの四年間、見当違いの道を歩いてきたんじゃないかって」

「そんなことない。蓮の四年間は蓮のものだよ。見当違いなんかじゃない」

紗雪は首を振った。

「蓮もわたしも、お互いがいなくたってちゃんと生きてきたでしょう？」

「俺は――、くそ」

蓮は奥歯を噛みしめた。前髪を片手でかき上げて、顔を歪める。

「すまない。情けないことを言った」

「蓮……」

「紗雪を困らせたいわけじゃない」

蓮は肺からすべての呼気を吐き出すように息をついた。そうして目を上げたとき、彼は口元に苦笑めいた感情を浮かべていた。

「この四年間、紗雪に対する怒りがずっとあったよ」

「……うん」

わかっている。それだけのことを自分はしたのだから。

「けれど実際、こうやって顔を見て、しゃべったり笑顔を見たりすると、怒りの感情なんてどうでもよくなる。なんでだろうな。すごいよ、おまえは。耀太の可愛さと同じくらいすごい」

「わたしはすごくなんてないけど、耀太が可愛いのくだりは同意かな」

あえて冗談めかして言うと、蓮も笑った。

「親バカだな」

「どうせそうですよ」

「耀太を産んでくれてありがとう」

サラリと告げられた言葉に、紗雪は目を見開いた。

「ありがとう紗雪。おまえが産んでくれたから、俺はあの子に会えた。ひとりきりで心細かっただろうに、それでも紗雪は産んでくれた」

「お礼なんていらないよ。わたしは……自分が産みたかったからそうしただけ」

声がかすれた。感情があふれ出しそうで、胸が痛い。

「感謝するに決まってるだろ」

蓮はほほ笑んだ。裏表のない、まっすぐな想いが伝わってくる。

「ひとりでしんどかっただろうに……おまえはとくに、自分で全部抱え込む性格をしているから」

視界がぼやけてくる。いけないと思っているのに、目の奥が熱く痛んでくる。

(まさか、感謝されるなんて)

耀太を産んでくれてありがとうだなんて、言われたことはなかった。生まれてきてくれてありがとうと、紗雪自身が耀太に何度伝えたか知れない。

けれどそれだけだった。

耀太を否定されたことはあれど――堕胎を迫られたことはあれど、誰かから感謝されることはなかった。

紗雪は彼を、四年前、ひどく傷つけたというのに。

「ひとりで産んで、その上あんないい子に育ててくれて。ありがとう、紗雪」

自分が父親だと名乗れないのにもかかわらず、礼を言ってくれる。

この人はどこまで優しくて、大きな人なのだろう。

胸が詰まって言葉を返せなくなり、紗雪はうつむく。うつむいたのは涙を隠すためでもあった。

お腹の子をあきらめてくれと言われたときからずっと、自分の心には癒えない傷がありつづけていた。

その傷が蓮の言葉にふれて、癒されていく心地がする。

「紗雪？　どうしたんだ？」

うつむき続ける紗雪に、戸惑ったような声で蓮が言った。

ややあって、大きな手が肩に置かれる。

「……泣いてるのか？」

「ごめ……、なんか、止まらなくて」

「いいよ」

肩の手に力がこもった。もう片方の手が紗雪の右頬を包み込む。その温かさに、胸がぎゅっと締めつけられた。親指が、頬にこぼれる涙をたしかめるように拭う。

「紗雪」

かすれる声で呼ばれて、肩をつかんでいた手が腰に下り、そのまま抱き寄せられた。

広く硬い胸板に片頬が埋まって、たくましい両腕で抱き竦められる。

紗雪はとっさに、彼から離れようと体を動かした。

「ダメ、蓮――」

「紗雪。おまえ、痩せたよ」

紗雪の抵抗を力で抑えて、蓮はグッと抱きしめてくる。

彼の声は優しかった。やるせないような響きも含まれていた。

「いまも俺の言葉なんかでこんな風に泣いて。精いっぱいなんだろ。精いっぱい耀太を守っているんだろ。なら、おまえのことは誰が守るんだよ」

息が止まった。誰かに守られることなど、耀太を産んでから一度も考えたことがない。

耀太を育てていくのだと、この暮らしを守っていくのだと、そればかりを考えてきた。

「俺が四年前、もっとしっかりしていたら。あんな風に絶望せず、おまえのことをあきらめずに探し出していたら」

抱きしめてくる腕の強さが苦しい。

それ以上に、彼の言葉はいっそう苦しげに響いた。

蓮の片手が濡れた頬に戻ってくる。いたわるように優しく撫で、涙を拭い、紗雪の顔を上向ける。

目が合った。

男らしく、完璧に整った造作の面差し。

それ以上に惹き込まれるのは、彼の双眸に宿る熱情だった。四年前と変わらない、狂おしいほどの恋情だった。

「紗雪――」

求めてやまないような声と共に、蓮の熱い吐息が唇にふれる。彼の気配が濃密になり、限りなく近づいた。

紗雪は身を硬くした。

拒絶しなければならない。

いますぐ彼を突き飛ばして、ふたりの境界線を明確にしなければならない。そう思うのに、体が動いてくれない。

かすかに、ほんのかすかに、蓮の熱と唇の感触が紗雪のそれにふれた。

瞬間、彼とのあいだに置いた手で、硬い胸板を小さく押し返す。

「ダメだよ」

かすれた声が自分の唇からこぼれた。

蓮の動きが止まる。腕は紗雪の腰に絡んだままだ。見上げると、彼は傷ついた目をして紗雪を見下ろしていた。

胸がずきりと痛む。

蓮は小さなつぶやきを落とした。

「……すまない」

その刹那、インターホンの音が大きく鳴り響いた。

紗雪の心臓が飛び跳ねる。蓮も我に返ったように目を見開いた。

「誰か来たな」

扉のすぐ前に誰かが来たのではなく、一階のエントランスからの呼びかけである。

「で、出なきゃ。あ、わたし、隠れたほうがいい？」

混乱しながらも、蓮の家に自分がいることを第三者に知られるのはまずいという考えが働いた。

蓮は首を振る。腕を離して、紗雪から距離を取った。

「いい。誰なのか見当はついている」

スーツのポケットからスマホを取り出し、蓮は誰かと通話しはじめる。

しばらく言葉を交わし合ったのち、玄関の扉がノックされた。それも、荒々しく。

紗雪がびっくりすると、蓮は「大丈夫、佐伯だ」と言って扉を開けた。

はたしてそこには、蓮の秘書である佐伯が立っていた。

「社長」

佐伯はスーツ姿で、その上怒っている様子だ。いつもの鉄面皮はナリを潜め、怒りにこめかみをひきつらせている。

「いつまで外をほっつき歩いているのかご自覚はおありですか、社長」

「うるさいな、おまえは」

うっとうしげに片手を振って、蓮は紗雪を肩越しに見た。

「小姑《こじゅうと》が迎えに来たから、このあたりで帰るよ」

「誰が小姑ですか。あちこち探したわたしの身にもなっていただきたい。こんな時間まで遊び歩いて、今夜は遅くまで残業確定ですよ」

「小言はあとで聞く。じゃあな、紗雪」

蓮は紗雪の返事を聞かないまま、さっさと外に出ていった。

紗雪が茫然としつつ見送ると、佐伯が眼鏡をなおしながらため息をつく。

「まったく、あのお方には困ったものだ」

「ええと、佐伯さん。困ったって、なにがあったんですか？」

戸惑いながら聞くと、佐伯はチラリとこちらを見た。目元のあたりに苛立ちが残っているけれど、気はだいぶ治まったようだ。

「今日は一日、社長はあなたとお過ごしに？」

「はい。買い出しを手伝ってくれました」

佐伯はふたたび息をつく。

「社長は本日午前十一時から丸一日、書類仕事の予定が入っていたんですよ。だというのにわざわざこちらに寄って、あなたと買い物に興じていたというわけですね」

「えっ？　今日は午前に仕事が終わったんじゃなかったのですか？」

「なるほど、そういうことにしたのか。あなたが絡むと、社長はあなた以外のことがどうでもよくなってしまう。四年前に逆戻りだな」

紗雪は言葉に詰まった。どう反応していいのかわからない。

「四年も経つというのに、またあなたに振り回されるのかと思うと、秘書としてうんざりしますよ」

「蓮……さんとはもうなにもないですから、振り回すことはないと思います」

なんとか言い返すと、佐伯の目が冷たくなった。

「ならば一緒に買い出しになど、行かなければいいでしょう。どうせ社長が強引に連れ出したのでしょうけど、しっかりとした態度で拒絶すればこんなことにはならなかったはずです」

正論すぎて言い返せない。

佐伯はやれやれと言った風情で腕を組んだ。

「四年前あなたに捨てられたとき、社長の荒れ具合はひどいものでした。二年経つ頃にはさすがに落ち着きましたが、女性不信という形で後遺症がいまだに残っている」

「女性不信……？」

紗雪は目を見開いた。

組んでいた腕をほどいて、佐伯は玄関扉に手をかける。

「これ以上あなたには、社長を振り回さないでいただきたいものだ」

それだけ言って、部屋をあとにした。


蓮がエレベーターの前で待っていると、佐伯が無言で隣に立った。

蓮はため息をつきつつ、佐伯を見る。

「悪かったよ」

「そう思われるのであれば、今後このようなことはナシにしていただきたい」

彼はひどく機嫌が悪そうだ。

「仕事はちゃんとやる。今日中に間に合うよう調整ずみだ。おまえは先に帰っていいぞ」

「ヨリを戻すおつもりなんですか？」

単刀直入に佐伯が聞いてきた。

この男の、物怖じしないところが面倒くさくなくていいと思って秘書にしたのだが、いまは逆に厄介である。

「プライベートだ、佐伯」

「なら同期の友人として話そうか？」

エレベーターがやってきた。

箱のなかにふたりで乗り込む。

一階のボタンを押しつつ、忠告するように佐伯が言った。

「秋月は昔からそうだ。あの女を前にすると、ほかのことが見えなくなる」

「友人とは、もっと気楽な話題を楽しみたいんだがな」

「名取紗雪はまたおまえを捨てるかもしれないぞ。四年前の繰り返しだ。これ以上入れ込むな」

容赦のない言葉に、蓮は両手を握り込んだ。四年前紗雪を突然失って、あのときは気が狂いそうになった。

「入れ込んでいるつもりはない」

やっとそれだけを言い返す。佐伯は蓮を見た。

「そういう顔じゃないぞ。なんだ、もう手遅れか？　名取紗雪と再会してまだ二日じゃないか。女はもう信じないんじゃなかったのか？」

挑発するような言葉と共に、エレベーターが停まった。扉が開く。

箱から出ると、広いエントランスホールの明るい照明が目を刺してきた。

「秋月」

足早に地下駐車場に行く蓮を、同じく早歩きで佐伯が追ってくる。

「聞いているのか、秋月。あの女のことはもう忘れろ。これ以上関わるな。子供のことが気がかりなら、まとまった金を名取紗雪に渡せばいい話だろう。お腹におまえの子がいたのに、おまえの前から勝手に姿を消したのは彼女なんだぞ」

足を止めて振り返り、蓮は告げた。

「わかってる。紗雪は俺を捨てて、いまも俺を拒んでいる」

ずっと、落ち着かない。紗雪と再会してから心がざわついて仕方がない。

怒りはあった。あんな書き置きだけを残して消えた彼女を、恨んでもいた。

それだけ愛していたからだ。

紗雪がいないと生きていけないとまで、思っていたからだ。

佐伯はため息をついた。

「わかってはいるが、というやつか？」

「そうだな」

蓮は胸の痛みと共に笑みを滲ませた。

わかってはいるがどうにもならない。紗雪と耀太のことが気になって仕方がないのだ。会いにいってはいけないとわかっているにもかかわらず、ここに足を向けてしまうほどに。

寒空の下で彼女と耀太が出かけると知れば、仕事が残業確定になるにもかかわらず車を出して手伝ってしまう。あげくのはてに置き物まで買ったりして――、紗雪と耀太が喜ぶかもしれないと思ったら、レジに持っていく手を止められなかったのだ。

そして最後にはこの手で抱きしめてしまった。それどころか口づけようとさえした。

もう終わった恋だというのに。

「バカだと思うよ、自分でも」

「全面同意だ。どうしようもないな」

佐伯は再度ため息をついた。

第四章　忘れたことなんてなかった

付き合っていた頃、紗雪は冗談混じりに蓮のことを、『自分勝手で自信過剰で、あきらめが悪い』と評していた。

当時はいつのまにか蓮のペースに巻き込まれることが多かった。気づけば彼の希望どおりの状態になっているのだ。

それが少し悔しかったから、笑いながら言って蓮をからかっていた部分もある。

たとえばとある冬の日に、紗雪が風邪を引いて寝込んだときのことだ。

蓮は仕事が忙しい時期のまっただなかだと知っていたから、『お見舞いには来ないでね』と電話越しに伝えていた。

手間をかけさせたくなかったし、大事な時期に風邪が移ったら大変だと思ったからだ。

蓮は大ざっぱな性格で、それほど気が回るようなタイプではない。

でも紗雪に対してだけはよく気がつくし、心配性で過保護だった。

だから何度も念を押しておかないと、紗雪を看病しにやってくることは想定ずみだった。

「来ちゃダメだよ」

紗雪はベッドにぐったり横たわりながら、スマホに向かって繰り返した。

「蓮の仕事にとって、いまがすごく大事な時期なんでしょう？　風邪が移ったら大変だよ。わたしの面倒を見てる時間なんてないってことも、わかってるよね。だから来ちゃダメ。絶対だよ」

しかし蓮からの回答はひとつだった。

『行く』

夜八時、白い息を弾ませつつ、扉の前まで蓮は来た。玄関口に出た紗雪は、当然彼を追い返そうとした。

でも蓮は頑として帰らない。このあたりに蓮の自分勝手な性格と、あきらめの悪さが表れている。

「俺に紗雪の風邪は移らない。だから大丈夫だ」

そしてこの言葉が、蓮は自信過剰であると紗雪に言わせるゆえんである。根拠のない自信を持つことにかけては、蓮は天下一品なのだ。

根拠はないといっても、最終的に蓮は懸念事項を乗り越えて、やり遂げてしまう。

根拠はないが、実績はちゃんと積み上げる男なのだ。

そこがまた厄介だった。

紗雪自身も、蓮なら頑丈だから大丈夫かもしれないと、チラリと思ってしまうのだ。

紗雪の気がゆるんだタイミングを、蓮はいつも見逃さない。

ここぞとばかりに玄関に足を踏み入れて、熱でふらつく紗雪を横抱きにヒョイと抱え上げ、看病タイムに突入するのである。

蓮と付き合っていたときは、こういったことがしょっちゅうだった。

けれど蓮は自分の都合のためだけに、自分勝手に振る舞うことはめったにない。いつも紗雪のことを第一に考えてくれた。

自分勝手さも自信過剰なところも、困ったとは思うけれど、嫌ではなかった。むしろ、よりいっそう蓮に惹きつけられる理由となった。

あの頃はただ幸せだった。

ただ蓮に愛されて、守られているだけでよかった。

＊　＊　＊

「それで、いまは元カレのマンションに住んでいるってこと?」

どことなく不機嫌そうにしながら、夏目は言った。

翌月曜日のことである。

在宅勤務をはさんで四日振りに出社した紗雪は、夏目藤吾と会議室にいた。

彼は紗雪の雇用主である。

一時的にとはいえ、住所が変わったことを伝えておかなければならない。だから話をする時間を作ってもらったのだ。

夏目は社長室を持たず、社員たちのデスクが並ぶフロアにいつもいる。だから彼と個人的な話をするときは、ここが最適だ。

夏目は窓際に背をもたせかけて、スーツのポケットに手を突っ込んでいる。

カーディガンにパンツ姿の紗雪は、その近くで佇みながら「はい」と気まずくうなずいた。

「放火犯が捕まるまでなので、住んでいたアパートもそのままにしています。だから会社での住所変更手続きなどはいらないですし、仕事に支障をきたすこともしないからご安心ください」

「仕事への影響に関してはひとまず置いといて、別れた男の家に子供と一緒に転がり込むってどうなの？」

歯に衣着せぬ言い方に、紗雪は口ごもった。

夏目には蓮のことを、最初から『昔の恋人』だと説明したわけではない。『たまたま再会した知人男性のマンションを借りることになった』と言っただけだ。それなのに巧みな誘導尋問を受けて、気づいたら『その知人男性は昔の恋人』だと暴露させられていた。

しかしながら、もっとも重大な『その男性は耀太の父親だ』という事実は伏せている。

これだけは秘密にしておかなければならない。耀太の父親は、結婚前に亡くなったことにしているためだ。

夏目はため息をつきながら、「まあ座りなよ」と椅子を顎で示した。

紗雪は腰を下ろしつつ、口を開く。

「あんまりよろしくないことだとは思っています。でも、背に腹は代えられないというか」

「気持ちはわかるけどね」

夏目は窓辺に立ったまま腕組みをした。

「放火犯が捕まるまでっていうのが曖昧に感じるんだけど。いつまでも捕まらなかったらどうするの？」

「そのときはそのときで考えようってことになってます。わたしとしては、放火がやんで三ヶ月経ったらアパートに帰ろうと思っています」

「なるほどね。それにしても」

軽い印象ながら整った顔立ちに、苦笑を滲ませる。

「独身男の家に身を寄せるとか、ちょっと無警戒すぎるんじゃないですか、名取サン」

「別れたのは四年前なので、いまさらなにもないですよ」

紗雪は慌てて両手を振る。その一方で、土曜日の玄関でのやり取りが頭をよぎっていた。

あのときの蓮の行動は『なにもない』どころではない。

あれから二日経って、そのあいだに一度蓮とマンションで顔を合わせた。そのときはお互いに、土曜日のことを口にするのを避けた。

蓮が内心でなにを思っているのかわからない。けれど紗雪は、蓮の一時的な気の迷いによる行動だったと結論づけることにしている。

「一緒に住んでいるわけではないですし、わたしたちの関係はもう終わったことだって、お互いに確認し合っています」

「ふうん。で、その男と耀太の関係は？」

「へっ？」

紗雪はぎくりとした。

この社長は、いつもおちゃらけているくせに嫌なところで勘が働くのだ。

「別になんの関係もないです」

「そうかなぁ。耀太は三歳でしょ。付き合っている期間と妊娠した時期が被ってない？　なにか大きな秘密が隠されていたりして」

「なんにも隠れていません。耀太と彼は無関係です」

紗雪はきっぱりと否定した。夏目は肩を竦める。

四年前、身重の紗雪を彼は快く雇ってくれた。転職活動にて六連敗中だった紗雪にとって、彼が救世主に見えたものだ。

面接がはじまって三十分後に、夏目は採用を言い渡した。そして雇う際の条件を、ひとつだけ提示した。

曰く、お腹の子供にたくさんの愛情を注いで育てること。

「にしても、その元カレくんもたいがいだね。昔の女を子供ごと自分のマンションに住まわせるなんて、酔狂にもほどがある。それだけ忘れられなかったってことかな。罪な女だね、名取サン」

「そういうわけではないと思います。正義感の強い人ですから、昔の知り合いとその子供を放火犯のうろつく地域に放っておけなかったんですよ」

夏目は口の端で笑った。

「正義感？　女を自分のテリトリーに囲う目的なんて、ひとつに決まってるでしょうが。マンションの鍵は当然元カレも持ってるよな。ここ三日間の夜は無事だった？」

「社長、セクハラとして訴えますよ」

紗雪がにらむと、夏目は「ほんとだ、いまのはセクハラだ」と口元を押さえた。

「すまん、名取。これも可愛い社員を思うあまりのことだ。社長からの愛に免じてスルーしてくれ」

「社長のそばにいると、スルースキルが嫌でも身につきますよ」

紗雪は苦笑する。

なんだかんだ言いつつ、夏目は紗雪を心配してくれているのだ。

この会社に入社したての頃に、先輩社員のアラサー女性とふたりでランチする機会があった。そのとき紗雪は彼女に『夏目社長はどうして身重のわたしを採用したのか』という疑問を口にした。

すると入社十年目のベテランである彼女は、こう答えた。

『社長は複雑な家庭環境で育ったらしいからね。昔、飲み会で酔っ払ったときにつぶやいていたわ。父親が母親にたびたび暴力を振るってたって。耐えかねた母親は、まだ六歳だった社長を抱えてDVシェルターに逃げ込んだらしいの。そこで何年もかけて離婚を成立させて、母親はやっと自由になったらしいわよ』

紗雪は驚いた。

あの夏目にそんな過去があったなんて、想像もしていなかった。

先輩はネイルカラーに染まった爪をチェックしつつ、さらに続けた。

『でもそのあと、母親は女手ひとつで自分を育てなくちゃいけなかったから、すごく苦労していたって。だから名取ちゃんを放っておけなかったんじゃない？』

話を聞いて腑《ふ》に落ちた。

身重の女性を雇うリスクは、経営者であれば誰もが懸念するところだ。現に紗雪は就職試験に落ち続けていたのだから。

採用後も夏目はなにかと紗雪と耀太を気にかけてくれる。

社長主催のバーベキュー大会では耀太とボール遊びをしてくれたし、誕生日にはおもちゃを買ってくれたりもした。

紗雪を雇ってくれる際の条件は、子供にたくさんの愛情を注いで育てることだと夏目は言った。彼は、自分たち母子と紗雪たちを重ねて見ているのかもしれない。

そろそろ仕事に戻らなければならない時間だ。紗雪は感謝の思いで、夏目に頭を下げる。

「お時間いただいてありがとうございます。また状況が動いたら、報告させてください」

「おう」

紗雪は椅子から立ち上がり一礼した。

部屋から立ち去ろうと踵を返すと、後ろから声がかかる。

「名取」

「はい？」

紗雪は肩越しに振り返った。

窓辺に佇んだまま、夏目は目元を和らげている。

「あんまりむりすんなよ。いつでも力になるからな」

夏目の優しさが胸に染みる。紗雪はほほ笑んで「ありがとうございます」と告げた。

蓮は、土日に限らず時間が空いたときは平日でもマンションに顔を出すようになった。

ここの鍵は蓮も持っているはずである。けれど訪ねるときは必ずインターホンを押して、紗雪が開けるのを待っていた。

土日には食料などの買い出しに連れていってくれた。平日は、事前に紗雪の携帯電話に連絡を入れて、『夜ごはんに宅配ピザをテイクアウトして行こうと思うんだが、耀太はそういうの好きか？』と確認したりする。

耀太はピザが大好きなので、家でよく作っていた。宅配よりも、生地を買ってトースターで焼くほうが割安なのである。

よって蓮の持参したピザが、耀太にとって生まれてはじめての宅配ピザだった。当然ながら、紗雪の手作りよりも見た目が華やかだし仕上がりもいい。

耀太は飛び上がって喜んだ。

そんな耀太を見て、蓮も嬉しそうにしていた。

これ以降、蓮は仕事帰りに寄るときには夕食を持参するようになる。

初日はピザで、日に日にグレードが上がっていった。

昨日は高級フレンチ店のお弁当が食卓に乗ったため、紗雪はのけぞった。

なんと、五桁の値段である。

『高すぎる！』と訴えたのだが、蓮は『耀太が喜んでいるんだからいいじゃないか』と言って譲らなかった。

たしかに、耀太用に作られたお子さま弁当は、新幹線をモチーフにした子供心をくすぐる仕上がりで、耀太は嬉しそうにしていた。

こういうことが続き、耀太は紗雪の携帯電話が鳴ると、『レンさん？』とワクワクして聞いてくるようになった。

蓮は食事を持ってくるだけでなく、食後に耀太と遊んであげたりもする。車のおもちゃでレースごっこをしたり、お絵描きを楽しんだりするのだ。

この状況を紗雪は、手放しで喜べない。

蓮に懐きすぎてしまうと、離れるときに耀太がつらい思いをしてしまう。蓮には距離を取ってもらうべきなのだ。

だから紗雪は蓮に、『ここに来る回数を減らしてほしい』と告げた。

蓮は顔をしかめて『わかってる』と答えた。

でも実際はわかってくれていなかった。あいかわらず時間の空いた平日は夜ごはんを持参してくるし、土日は買い出しに連れていってくれる。

その流れで一緒にランチをとることも定番になっていた。

自分が彼を完全に拒絶しきれないことも原因だ。

蓮は、なんの見返りもなく自分たち母子に住居を提供してくれている。四年前に紗雪が彼の前から突然姿を消したにもかかわらずだ。

その負い目があるからこそ、強く彼を拒絶できずにいた。いや、本当にそれだけの理由だろうか？　紗雪は自分に問いかける。

蓮を拒絶しきれないのは、負い目があるからというだけなのだろうか？

蓮に再会してからというもの、彼と過ごした幸せな日々の夢をよく見るようになった。朝起きて、『蓮とはもう終わったから』と自分に言い聞かせるのがほとんど毎日のようになっている。

「ママ、できたー！」

耀太がキッチンに駆けてきた。

両手に持っているのは三歳児用の数のワークだ。本屋に行ったとき、耀太が欲しいとねだったものである。耀太はおもちゃよりも、こういうお勉強系の本を欲しがることが多い。

答え合わせをすると、全問正解だった。

「偉いぞ」と頭を撫でると耀太は嬉しそうに笑って、「ひらがなもやってくる!」とダイニングテーブルに戻っていく。

紗雪は昼食の皿洗いを終えた。シンクの縁に背をもたせかけ、ほっとため息をつく。

今日は土曜日、時刻は午後一時を回ったところだ。

蓮からの連絡はまだない。

休日に彼がここを訪ねるときは、たいてい午前中に連絡がある。だから今日は来ないかもしれない。

紗雪は安堵していた。蓮の言動に振り回されることがなくなるからだ。

その一方で寂しさのようなものも感じていて、紗雪はそんな自分を咎めた。

自分から終わらせたくせに——あれだけ決意をして離れたくせに、未練がましい。

気の迷いは早めに振りきってしまわなければ。

エプロンを畳んで、紗雪は耀太のところに足を向けた。

と、ジーンズのポケットに入れていたスマホが鳴る。

恐る恐る画面を見たら、蓮からのメッセージが届いていた。タップしてみると、

『連絡が遅れた。いまから行っていいか？　この前耀太が食べたいと言っていたロールケーキを持っていきたい』との文面がある。

ロールケーキ。美味しそうではないか。疲れているときの甘い物は別格である。

紗雪はカウンターキッチンから耀太の様子をチラリと見た。すると案の定、キラキラした期待の目でこちらを見ている。

「ママ、スマホ鳴った？　レンさん？」

紗雪はため息混じりに苦笑する。

「そうだよ。ロールケーキをリクエストしてたの？」

「うん。やったぁ、早く食べたいな」

耀太は手を叩いて喜んでいる。

紗雪は画面に目を戻して返信文を作った。

『ありがとう、耀太がすごく楽しみにしてるよ』

送信をタップする前に、ひと呼吸おく。これで本当にいいのだろうかと自問する。

耀太は蓮にこんなにも懐いてしまった。

放火犯が捕まったら、自分たちはこのマンションを出る。その後耀太を蓮といっさい

会わせないことが、可能なのだろうか。

そこまで考えて、唐突に頭痛に襲われた。ひたいのあたりが締めつけられるように痛む。偏頭痛かもしれない。

「ママ、レンさんいつ来るの？」

「いつもなら三十分後くらいだから、それくらいじゃないかな」

答えながら、紗雪はキッチン台の引き出しから頭痛薬を取り出した。

最近、頭痛が増えている。このマンションに住むようになってからだ。住み心地の問題ではない。アパートと比べるまでもなく、ここは快適だ。

恐らく、考えることが激増したせいだろう。

精神的な疲れが出ているのだ。

背に腹は代えられないと、ここに住まわせてもらうことを決めたのは自分である。ここを出る時期になって、耀太が悲しんでしまったら、自分がしっかりフォローしようと思う。

耀太の遊びにとことん付き合ったり、好物の料理やスイーツを作ったり、いつもよりもっと甘えさせてあげられるようなシチュエーションをたくさん作ろう。

そうやって、蓮がいなくなった寂しさを埋めていこう。

コップをあおって薬を流し込みつつ、紗雪はスマホの送信ボタンをタップした。

老舗《しにせ》洋菓子店のロールケーキは絶品だった。

耀太は最初のひと口を食べたとき、頬を紅潮させて「とってもおいしい～！」と感激していた。我が息子ながら可愛いリアクションだ。

紗雪も食べてみたところ、耀太とまったく同意見だった。

食べ終えたのち、蓮がダイニングテーブルに置かれたワークを見つけた。

「これは？」

「ヨウタの。毎日やってるの」

耀太は自慢げに言った。

紗雪は三人分のお皿をまとめてカウンターキッチンに持っていく。

「毎日やっているのか。すごいな」

「ひらがなをやったら、カタカナやるの」

「へえ。耀太は努力家だな」

蓮はパラパラとページをめくっている。

「で、今日は朝からこれをやっていたのか？」

「うん。数のもやったよ。女の子の風船を数えるの」

小さな指で紙面をさしながら、耀太が説明している。

「なるほど」

眺めてから、蓮は言った。

「なら午後からは、公園に遊びに行くか」

「えっ？」

とっさに声を上げたのは紗雪である。

そこに被さるようにして、耀太から嬉しそうな声が上がった。

「行きたい！　公園！」

「決まりだな」

「ちょっと待って。外に出かけるの？　公園？」

紗雪は洗い物もそこそこに、タオルで手を拭いてダイニングに行った。

蓮と耀太はすでに立ち上がっている。

「ああ、洗い物ありがとう。この近くなら西池緑地がいいな。車で二十分もあれば着くだろ」

「ブランコある？　ボール持ってっていい？」

「もちろんだ。滑り台もあったはずだよ」

「やったー！」

耀太は飛び上がって喜び、ボールを取りに玄関に走った。

紗雪は蓮に詰め寄る。

「公園に行くってどういうこと？　遊びに行くの？　わたしたちで？」

「耀太は朝から勉強していたんだろう？　偉いと思うが、休みの日に子供が家に缶詰めでワークと向き合っているのは不健康だ。外で遊ばせたい」

「言いたいことはわかるけど、それならわたしが近場に連れていくよ。だから今日はやめておこう」

紗雪は必死になって引き止めた。

休日に蓮込みで出かけたことは何度かあるが、食材の買い出しが目的の外出ばかりだった。今回は公園だ。買い出しと公園では、意味合いがまったく違ってくる。

食材の買い出しは、生活する上で必要なことだ。

それを蓮に手伝ってもらうことは、彼の言う『義務をはたす』という理由につながる。

紗雪にとっても、『耀太を安全な場所で不自由なく育てるため』という目的に適っている。平日に仕事をしている紗雪は、週末にまとめ買いができると助かるのだ。

けれど公園は別だ。

公園で遊ぶことは、子供の健康にとって大切に違いない。それでも衣食住の重要さと比べると、やはり一段下がるだろう。

第一、耀太は保育園で外遊びをいっぱいしているのだ。

(三人そろって公園でボール遊びなんて、ハタから見たら平和な仲よし家族にしか見えないじゃない)

しかしサッカーボールを両手に抱えて持ってきた耀太を見ると、『公園へは行かない』とはとても言えなかった。

耀太は目をキラキラさせて、「ボールのあと、かくれんぼしたい」と蓮に語りかけている。

蓮は瞳を優しく細めながら、耀太の頭をわしゃわしゃと撫でた。

休日の公園は親子連れがさぞかし多いかと思いきや、意外と少なかった。

北風が強く、マフラーとダウンジャケットを着込んでいても凍えるような寒さだからかもしれない。

耀太と蓮のサッカーに紗雪も加わった。ボールを足で軽くパスし合うこと三十分、耀太リクエストのかくれんぼをする。

見つかっても見つけても、耀太はとても楽しそうだ。

なんだかんだ言いつつも、紗雪はそんな耀太を見られて嬉しかった。

蓮は、大きな体をしてまるで子供のように耀太と遊んでくれた。

かくれんぼがひととおり終わった頃には、紗雪はへとへとになっていた。子供の遊びを大人になってからすると、恐ろしいほどに疲れるのである。

子供のほうはというと、遊びに関しての体力は無限大だ。「ママはひと休みするね」と告げると、耀太は「滑り台してくる」と遊具のほうへ駆けていった。

「あー疲れた。明日は筋肉痛だなぁ」

ぼやきながらベンチに座ると、ひとり分空けた隣に蓮も腰かけた。

このベンチからなら耀太の様子を見られるし、なにかあったときにすぐに駆けつけられる。

「これくらいで筋肉痛か？」

「子供の遊びをナメちゃいけません。普段は使わない筋肉を使うから、明日は蓮も筋肉痛だよ」

「たしかに耀太に合わせて中腰になったり、抱き上げたりしたな」

喉渇かないか、と蓮が言った。うなずくと、近くの自動販売機で温かいお茶を買ってきてくれる。

「……ありがと」

ペットボトルを受け取る。普段大ざっぱなくせに、こういうときに気が回るのだから困る。

キャップを開けると湯気が立った。

蓮は缶を買ったようで、隣からプルタブを開ける音がする。

「子供は本当に体力あるな」

蓮が感心したように言った。

耀太は歓声を上げて滑り台で遊んでいる。

「冬だというのにたくさん汗をかいていたぞ。冷えると風邪を引かせそうで心配だな」

「そうだね。そこは気をつけなきゃいけないんだけど、耀太は丈夫なんだよね。風邪らしい風邪を生まれてから一度も引いたことがないの」

「そうなのか?」

蓮は目を丸くした。

紗雪はお茶をひと口飲む。湯気が目に染みた。

「うん、ありがたいことにね。突発性発疹で熱を出したことはあるけど、たいていの赤ちゃんの通過儀礼みたいなものだから」

「発疹? そんなのがあるのか」

「いろいろあるよ。そのほかにも赤ちゃんがかかるとまずい病気がいくつかあって、かからないように予防接種を打つの。でも種類がたくさんあるから小児科のお医者さんが年間スケジュールを立ててくれるんだ。予約日をうっかり忘れちゃわないように、スマホに予定入れて、前日にアラーム鳴らしておいたりとかね」

「へえ……大変なんだな。俺は全然——」

蓮は途中で不自然に言葉を切った。全然、のあとに続く言葉はなんだったのだろう。『知らなかった』、もしくは『関われなかった』だろうか。

気まずい沈黙が流れた。あいだに耀太がいれば間がもつのに、ふたりきりだとどうにも会話が続かない。

紗雪は腰を浮かして、「耀太の様子見てくる」と言った。その手首を彼につかまれる。

「聞いてくれ、紗雪」

ベンチに戻され、真正面から見つめてくる双眸とかち合った。熱のこもった、どこか必死さの窺える瞳に、紗雪はどきりとする。

「今後もし、病院に連れていかなきゃならないとか、そういうことがあるなら、俺がいつでも」

「――秋月社長！」

蓮の言葉を女性の声が中断させた。

紗雪は我に返って、声のほうを見る。

そこにはウインドブレーカーの上下を身につけた、二十台前半くらいの若い女性がいた。髪はひとつに束ねられている。格好からするに、ジョギングの最中だろうか。

彼女は小走りにこちらに駆けてきた。

「このようなところでお会いできるとは思いませんでした。お散歩をされていたのでしょうか？」

やや厚化粧のきらいはあるが、顔立ちの整った美人だ。

紗雪はチラリと蓮を見た。

彼はなぜか眉を寄せた険しい表情で、彼女を見返している。

「あなたはたしか日坂《にちざか》商事の方でしたか」

「はい、日坂の坪井《つぼい》です。先日はお時間を取っていただきありがとうございました！」

女性はペコリと頭を下げた。どうやら秋月工業の取引先の社員らしい。

席を外したほうがいいだろうか。

そう思ったとき、左手首を蓮に握られたままだということに気づいた。紗雪は慌ててそれを振り払う。

蓮がこちらに視線を寄こしてきた。

その目がなぜか傷ついているように見えて、紗雪は動揺する。

（どうして手をほどいただけで、そんな目になるの）

紗雪は『あっちに行ってるね』と言おうとしたが、取引先の女性が先に声をかけてきた。

「あの、すみません。こちらの方は奥さまでしょうか？」

紗雪はギョッとした。そう見えてもおかしくはないかもしれないが、その誤解はよくない。

「違います。昔の友人で、たまたま再会したというだけです」

「そうなのですね。よかったぁ」

女性は笑顔を広げた。

そこに媚《こ》びるような色を見て、紗雪は少々白けた気分になる。

蓮がモテるのは昔からだ。地位もお金も能力もあるイケメンは、ただ息をしているだけで女が寄ってくるのである。

付き合っていた当時はそのことで、ずいぶんヤキモキさせられたものだ。

蓮とは『昔の友人で、たまたま再会した』という紗雪の発言に、この女性――坪井はあからさまな安堵を見せた。

が、蓮の表情はさらに傷ついた様子を増していた。

紗雪は内心で唇を噛む。じゃあどう説明しろというのだろう。

「なら、わたしもお話に交ぜてもらってもいいですか？　お隣失礼します」

坪井は蓮にぴったり寄り添うように腰を下ろした。

彼女は自分がスタイルのいい美人であることを、知り尽くしているタイプのようだ。

自信に裏打ちされた色気を武器に、蓮に上目遣いでアプローチを仕かけはじめる。

「秋月社長、先日わたしが送ったメール、見てくださいました？　まだお返事がなくて寂しく思っていたんです」

「メール？」

蓮は眉間にシワを寄せたままだ。気持ちはわかる。

「はい、メールです。我が社の製品を一度試していただけたらというお話を送らせていただいたのですけど、その後お考えいただけましたか？」

「覚えていないな」

うっとうしげに言って、蓮は立ち上がった。

その言い方と視線がいつになく冷たくて、紗雪は意表を突かれる。

坪井も怯《ひる》んだようだったが、負けじと笑顔を貼りつけて立ち上がった。

「それならもう一度お送りしますね。今度は見ていただきたいです。お願いしますね、社長」

「話をするのにいちいち近づかないでいただけますか」

嫌悪のまなざしで、蓮は坪井を見下ろす。

紗雪はまたしても驚いた。

こういう形で商談をモノにしようとする女性には、紗雪もうんざりしてしまう。でも、あくまでも彼女は取引先の社員だ。もう少しうまいあしらい方が、蓮ならできるはずである。

坪井は引きつった顔になおも笑顔を保ち、食い下がった。

「おへそを曲げないでください、秋月社長。そうだ、今度お食事に行きませんか？美味しいワインのあるお店を知っているんです。そのときに、お送りしたメールの詳しい説明をさせてください」

「メールで結構です」

冷たいまなざしで、蓮は坪井を流し見る。

さすがの彼女も、この視線には凍りついたようだった。

「見ておわかりになりませんか？　俺は休暇中です。仕事の話はしたくないし、あなたからこのように話しかけられるのも不愉快です」

「す、すみません」

坪井は真っ青になって頭を下げた。

「申し訳ありません、配慮が足りませんでした。あの、どうかお許しください」

「許す許さないの問題ではありません」

低い声が、蓮の冷えた唇から発せられる。

「俺は、休日に無遠慮に話しかけてくる人間をどうかと思うし、媚びを売って商談をまとめようとする女性を好ましく思いません」

「媚びだなんて、そんな」

坪井は震えた。自覚がある分、痛いところをつかれたのだろう。

紗雪はいたたまれなくなった。

しかし蓮の追い討ちには、容赦がない。

「ほかの男には有効かもしれないが、俺には逆効果です。女を武器に近づいてくる人間が、俺は嫌いです」

坪井は青ざめたまま立ち尽くした。

紗雪はたまらずあいだに割って入った。

「ちょっといいですか？　あのね、れ——秋月さん。耀太がさっきくしゃみをしていたみたいなの」

むりやり割り込んだから、脈絡のない発言になってしまった。

蓮が目を丸くしてこちらを見る。坪井はまだ傷ついたままの視線を向けてきた。

紗雪は立ち上がり、矢継ぎ早に言う。

「申し訳ないけれど、様子を見てきてもらえないかな。寒がってるかもしれないから、この上着を耀太に着せてほしいの。風邪の引きはじめかもしれないから」

「え？　耀太が風邪？」

「まだ小さいから、油断すると今夜いきなり高熱を出して寝込むかもしれない。だからいまのうちに様子をたしかめておかないと」

「高熱……!?」

蓮は目を見開いた。衝撃を受けたようだ。紗雪が差し出したジャケットを受け取って、ジャングルジムにいる耀太のほうに駆けていく。

蓮の後ろ姿を見送りながら、紗雪はほっと息をついた。

耀太がくしゃみをしていたというのは嘘だ。紗雪は耀太と蓮に、心のなかで謝った。

（嘘をついてごめんね、ふたりとも）

紗雪はあらためて坪井に目を移した。

彼女は青い顔をしたまま、蓮の後ろ姿を見ている。

「坪井さん、大丈夫ですか？」

紗雪が声をかけると、彼女は我に返ったようにこちらを見た。

「ああ、はい――。すみません、お休み中に声をおかけしてしまって」

しどろもどろに頭を下げる彼女に、紗雪はあえて明るく言う。

「気にしないでください、大丈夫ですよ。それにしても坪井さんこそ、休日にお仕事のことをお考えになっていてすごいですね。わたしなら休みの日に仕事の関係者を見かけた瞬間、その場から逃げ出しますよ」

「そんな、ふふ」

紗雪の言葉に、坪井は肩の力を抜いたようだった。

彼女の素直な笑顔は意外にも可愛らしくて、紗雪はほほ笑む。

「秋月さんの言うことは、あんまり気にしないでくださいね。きっと虫の居所が悪かったのだと思います。根に持つタイプではないので、来週にはすっかり元に戻っていますよ」

「だといいんですけれど……、秋月社長は気難しいことで有名ですから。とくに女性には辛辣《しんらつ》で」

坪井は苦笑した。それからふと気づいたように、口元を押さえる。

「すみません、このようなことを言うべきではないですね」

「大丈夫ですよ、気にしないでください」

蓮は四年前から、愛想のいいほうではなかった。でも、人を邪険に扱うような性格でもないと聞いたことがある。

蓮が『女性に辛辣』というのも意外だった。基本的に蓮は、男女を区別して仕事を進めるタイプではなかったはずだ。

以前、佐伯と蓮と三人で飲みに行く流れになったことがあった。そのとき佐伯が『秋月は男女関係なく後輩社員を評価している』と言っていたのだ。

たしかに坪井のやり方はよくないかもしれないが、それにしたって当たりが強い。どう見ても坪井は二十台前半と若いのだ。

年上の立場からすればあのような言い方ではなく、諭すという方法があったはずである。

取り急ぎ、いまは蓮のフォローをしなければ。

「仕事に対する坪井さんの熱意は、秋月さんに伝わっていますよ。次の出勤日にはメールをちゃんと読むと思いますので、安心してください」

「ありがとうございます。お気遣いいただいて嬉しいです」

坪井は笑った。

「それにしても、秋月社長がフリーって嘘だったんですね。こんなに素敵な彼女さんがいらっしゃるんですもの」

「彼女ではないです」

紗雪が慌てて首を振ると、坪井は目を丸くした。

「ということは、やっぱり奥さまですか？　もしかしてあそこにいる男の子は、おふたりのお子さん……！」

「それも違います！」

すかさず否定したが、誤解が完全に解けたようには見えなかった。

「秋月社長は女性に当たりがキツいのですけれど、それでも仕事上でのフォローはちゃんとしてくださるし、ついでにあのルックスだし、すごくおモテになるんですよ。彼女さんの存在を知ったら皆ガッカリするだろうな。もちろんわたしもそのひとりですけど」

「いや、だから、誤解……」

「今日は社長に怒られちゃったけど、次こそは挽回《ばんかい》しますね！　あっ、お仕事上での挽回ですよ。おふたりの仲を悪くするようなことはしませんから」

坪井は「おジャマしちゃって申し訳ありませんでした」と両手を合わせながら、ジョギングに戻っていく。

若い子は立ちなおりが早いらしい。あの分なら、今日のことで蓮の立場が悪くなることはなさそうだ。

紗雪は胸を撫で下ろした。

ジャングルジムに目を向ける。

てっぺんから滑り台で下りてくる耀太を、蓮が下で受け止めて抱っこし、高い高いをしてあげている。

耀太はとても嬉しそうだ。

「あれじゃ、親子にしか見えないか……」

ほほ笑ましい光景に口元がゆるみかけて、紗雪は慌てて気を引きしめた。

時間は十分ほど巻き戻る。

坪井の登場から途端に嫌な気分になった蓮は、紗雪の『様子を見てきて』という言葉に救われた。

どうにも受けつけないのだ、女を武器に近づいてくる人間が。だからつい厳しい態度で接してしまう。佐伯にたびたび注意されているが、なかなかおらない。

ああいうタイプが苦手なのは昔からだ。しかしここまで顕著な拒否反応が出るようになったのは、やはり四年前からである。

『女性不振に陥っているなら、一度カウンセリングでも受けに行ったらどうですか？』と、佐伯から冗談とも本気ともつかないことを言われたことがある。それほど目に余るらしい。

最近では女性の営業担当や重役、経営者も増えてきている。

彼女らと接するときの自分の態度が、とにかく硬いようだ。

女性を武器に近づいてくるような輩《やから》に、自分の態度が冷たいのは自覚している。その一方で、真っ当にビジネスの話をしようとしてくる女性に対しては、辛辣な言動はさすがに見られないものの、自分は分厚い壁を築いてしまうようだ。

後者のほうは自覚がない分、厄介である。

いまのところ仕事に悪影響が出ていないのは幸いだ。業務に関してはきっちりとこなすからだろう。

ビジネス界隈では『秋月社長は女性から言い寄られる機会が多すぎてうんざりしており、媚びを売られると途端に当たりが強くなる。モテすぎるのにも弊害があるらしい』という話になっているようだ。

それにしても、感情と言動が直結する自分の性格が恨めしい。社長に就いてからはだいぶマシになったものの、まだダメだ。

蓮は落ち込みながら、ジャングルジムに向かった。

耀太は無邪気に歓声を上げて、滑り台を滑っている。

紗雪は『耀太がさっきくしゃみをしていた』と言っていたが、見たところ体調は悪くないようだった。むしろ、頬をりんごみたいに真っ赤にして、汗までかいている。よく動くから暑いのだろう。

蓮は耀太にジャケットを着せたものの、結局脱がせることにした。

「ヨウタ、この滑り台できたよ！」

自慢げに耀太はジャングルジムを指差す。ジャングルジムにはふたつの滑り台がてっぺんとまんなかから伸びていて、耀太が滑ったのはまんなかのほうだった。

蓮は笑って、耀太の頭を撫でた。

「すごいぞ耀太。じゃあいちばん上の滑り台いけるか？」

「うーん……ちょっと怖い……」

「よし、なら俺と一緒に行こう」

蓮はジャケットをベンチに置き、耀太と共にてっぺんまで上った。そして耀太を後ろから抱き抱え、長い滑り台を滑り下りる。

耀太は歓声を上げて喜び、「もう一回！」とおねだりしてきた。

何十年ぶりかの滑り台にお尻が痛んだけれど、蓮はもちろんOKした。

太陽みたいにキラキラした耀太の笑顔が、とにかく可愛い。

「なあ耀太。さっきくしゃみしてたって本当か？」

元気そのものの耀太に、蓮は尋ねてみた。

耀太はキョトンとしたあと、首を振った。

「してないよ。ヨウタ、寒くないもん。暑いもん」

「……だよな。暑いよな」

蓮は耀太の頬の汗を、自分の袖で拭ってやった。子連れのときはタオルが必須のようだ。

くしゃみをしていたというのは、紗雪の勘違いだろうか。蓮は紗雪に目を移した。

すると彼女は、坪井と話し込んでいる様子である。

蓮は驚いた。自分が離れた時点で、坪井は帰ったものだと思い込んでいたからだ。

彼女にひどい態度を取ったせいで、紗雪が彼女から嫌味を言われたりしていないだろうか。

すぐに駆け戻ろうとしたが、ふたりの表情を見て動きを止めた。彼女たちが仲よく会話しているように見えたからだ。

紗雪も坪井も、表情がやわらかい。紗雪が坪井に頭を下げ、坪井も同じようにしてから、ふたりして笑い合っている。

短いやり取りのあと、坪井は紗雪に手を振りながらジョギングに戻っていった。

「レンさぁん、見てー！」

上から耀太の声が降ってきて、蓮は慌てて振り仰いだ。ジャングルジムのてっぺんから、耀太が手を振っている。

「ヨウタひとりで上れたよ！」

「偉いぞ耀太。よーし、滑り台で下りてこられるか？　危ないから急ぐなよ」

耀太はきまじめに「うん」とうなずいて、滑り台で下りてきた。それを受け止めて高く抱き上げてやると、歓声を上げて喜んでいる。可愛い。

抱っこしたまま、蓮は紗雪に視線を戻した。彼女もこっちを見たので、どきりとする。小さく手を振られて、蓮も思わず振り返した。

この一連のやり取りがじわじわと幸福感を生む。

（まったく、俺は単純でどうしようもないな）

耀太が腕のなかから飛び下りて、「ママー！」と紗雪のほうに一目散に駆けていく。

もしかしたら紗雪は、自分ではなく耀太に手を振ったのかもしれない。そう思うとやや悲しい気持ちになった。

紗雪は飛び込んできた耀太を抱き上げている。

耀太を追って、蓮も足を向けた。紗雪がほほ笑む。

「耀太を見てくれてありがとう」

「いや」

蓮は首を振った。礼を言われるのは違う気がするのだ。

「耀太、体調は大丈夫そうだったぞ。逆に汗をかいていたくらいだったから、ジャケットを脱がせた。よかったか？」

「あ、うん。大丈夫」

紗雪は曖昧にうなずいた。「そろそろ帰ろっか」と言って、耀太を抱っこしたままふたり並んで駐車場に向かう。

のんびりした歩みに揺られて、耀太はさっそく眠そうにしはじめた。まぶたが半分下りている。

蓮は気まずく思いながら口を開いた。

「さっきの女の人――坪井さん。彼女の相手をさせて、悪かったな」

「全然気にしないで」

紗雪は笑った。

蓮はさらに申し訳ない気持ちになる。

「彼女についキツい言い方をしてしまった。気をつけてはいるんだが……。ごめんな、彼女から嫌なことを言われなかったか？」

「言われなかったよ」

紗雪はこちらを見てほほ笑んだ。

優しい笑みに、どきりとする。

「だから気にしないで。過ぎたことをクヨクヨ落ち込むなんて、蓮らしくないぞ」

蓮は口ごもった。紗雪の声と言葉とほほ笑みに、心臓が早鐘を打つ。

四年前彼女に去られて、生まれてはじめての大恋愛は強制的に幕を閉じた。それ以降、女などこりごりだと思うようになった。

そしていま、紗雪と再会して、彼女にふたたび惹きつけられはじめている。

向こうは惹きつけようとも思っていないだろうに、自分が勝手に彼女のことばかりを考えてしまうのだ。

四年前から女性を避け続けてきたのに、その元凶が目の前に現れたら手を伸ばさずにいられないなんて、ばかげている。

「坪井さんもわかってくれるよ。時間が経てばちゃんと蓮っていう人をわかってくれる。だって蓮は、本当はすごく優しい人だもの。だから彼女からのメールはちゃんと見てあげてね。坪井さん、蓮からの返信を待ってると思うよ」

紗雪の声は温かく、蓮の胸に染みた。

紗雪と坪井が談笑していた姿を思い出す。

もしかしたら紗雪は、自分をフォローしてくれたのかもしれない。なぜなら耀太はくしゃみなどしていなかったからだ。それに紗雪が言っていたではないか。耀太は丈夫で、風邪らしい風邪を引いたことがないと。

不穏な雰囲気になったあの場を取りなすために、嘘をついて蓮を遠ざけ、坪井に紗雪から話しかけてくれたのかもしれない。

不甲斐ない自分が恥ずかしくなる。

その一方で母親になった紗雪は、以前にも増して魅力的になっていた。

(ダメだ)

どうしようもなく惹かれてしまう。

彼女はいずれ、自分との関係を断ちきるつもりでいるというのに。この想いを、自分はいったいどうすればいいのだろうか。

「蓮?」

いつまでも黙っている蓮を、紗雪が気遣わしげに覗き込んでくる。切ない痛みを胸に抱えながら、蓮はほほ笑んだ。

「そうだな。坪井さんにはちゃんと返信しておくよ。ありがとう、紗雪」

マンションの地下駐車場に入ったとき、紗雪のスマホが鳴った。

耀太を起こさないために、紗雪は慌ててカバンから取り出す。ディスプレイに表示されていたのは夏目の名だ。

「はい、名取です」

『お疲れー。休みのところ悪いね。いま平気？』

のんきな声が聞こえてきて、紗雪は口元をゆるめた。

「はい、大丈夫ですよ。社長こそ休みの日にどうしたんですか？」

『いまキミの新居のあたりに来てるんだけど、出てこられる？　三分でいいんだ。うちのお隣さんが、耀太が好きそうなケーキを大量にくれたからお裾分けしようと思って』

「ありがとうございます！　ちょうど駐車場にいるので、マンションの前に行きますね」

紗雪は通話を切った。

車のエンジンがやむ。

「誰か来るのか？」

運転席から蓮が聞いてきた。

紗雪はうなずく。

「うちの社長がケーキを持ってきてくれるって。社長、お隣に住んでるおばさまに気に入られてるみたいで、よく差し入れをもらうそうなの。それをときどき耀太にくれるんだ」

「へえ」

蓮が外に出て、後部座席のドアを開ける。ぐっすり眠っている耀太を抱っこした。最初に抱っこしたときは手つきが危なっかしかったけれど、いまはずいぶんとサマになっている。

「ごめんね、蓮。社長のところに行ってくるから、先に部屋に行って耀太を寝かせてもらっていい？」

「いいけど、社長って男か？」

車から降りて、紗雪は数秒黙った。探る目で蓮を見ながら答える。

「男だよ」

「何歳くらいの？」

「……はっきり覚えてないけど、たぶん蓮よりふたつみっつ上くらい」

明るい電灯の下、蓮の眉間にシワが寄った。この表情には見覚えがある。

付き合っていたとき、蓮はよくやきもちを焼いた。紗雪が別の男性と楽しくおしゃべりしただけで、不機嫌になったものだ。

そういう蓮を困ったと思いつつも、彼のやきもちはくすぐったい感じがして嬉しかったことを覚えている。

そしていま、蓮が滲ませている表情はまさに妬いているときのものだった。

けれど紗雪はもう、蓮の恋人じゃない。このような表情をされる謂《い》われはないのだ。

ここは気づかないふりをするべきだろう。

紗雪は平常心を保ちながら「じゃあ」と言って、出口に足を向けた。と、二の腕を蓮につかまれる。

「紗雪。あとで話したいことがある」

「え？」

紗雪は驚いて振り返った。真剣にこちらを見つめる双眸とかち合う。そのまなざしの熱量に当てられて、紗雪の鼓動が速まった。

これはよくない予感がする。

「話したいことって？　いまここで聞いたらダメなの？」

「長くなるかもしれないんだ。だから部屋で話したい」

「帰ったら長話より先に、洗濯物を片づけないと」

紗雪はごまかすように笑って、蓮の手を振りほどいた。

「耀太が起きたら大変。申し訳ないけど、耀太をお願いね」

言って、逃げるように駐車場の出口へ向かう。蓮のまなざしが背中を追いかけてくるような気がした。

（なにをやっているんだ、俺は）

駐車場の奥にある自動扉を抜けながら、蓮はため息をついた。ズリ落ちそうになる耀太を抱きなおす。

眠る子供は重たく、体温が高くてポカポカする。

さっきは頭で考えるより先に、体が動いてしまった。紗雪の腕をつかんで、必死になって『話したいことがある』などと口走っていた。

いったいなにを話すつもりだったのだ。『俺とやりなおそう』か？　そのひと言を紗雪に告げる前に、もっと自分の考えや思いを整理したり、紗雪を慮《おもんぱか》ったりするべきではないのか。

直情的な自分がつくづく嫌になる。――会社の社長がわざわざ社員の自宅に差し入れを持ってくるなんて、妙な話だと思ったのだ。その社長が同年代の男だと知ったとき、嫉妬を抑えきれなくなった。

その結果があれだ。

蓮は耀太を抱っこしたまま、右手に視線を落とした。

紗雪の手首はとても華奢だった。四年前よりも、やはり痩せた気がする。

あのまま引き寄せて抱きしめて、俺以外の男と口をきくなと言えたらどんなにいいか。自分でも身勝手さに呆れるほどだ。

蓮は自分にため息をつき、マンションのエントランスホールに出た。そこで、駐車場から直接エレベーターに乗るのを忘れていたことに気づく。これでは遠回りだ。

「まったく……」

二度目のため息をつきつつ、明るいエントランスを横切ってエレベーターに向かう。

そのとき、視界の端に人影が映った。ふたり分だ。

入り口に近いところにあるソファの前で、彼らは立ったまま向き合っていた。楽しそうに談笑している。

紗雪と、そして若い男だった。ふたりはこちらの存在に気づいていないようだ。

(あれが社長か)

遠目だからはっきりと見えないが、細身のジーンズにパーカーという軽装の彼は、やけに身長が高かった。服装だけでなく内面も軽そうな見た目だが、顔立ちは整っているように見える。

男は持っていた紙袋を紗雪に渡した。そのとき、蓮と彼の目が合った。

蓮は動きを止めた。

ふと、男の両目が細められて、彼が薄く笑う。

エレベーターが到着し、扉が開いた。

蓮は耀太を抱きなおす。この場に縫いつけられてしまったかのような足をなんとか動かして、エレベーターに乗り込んだ。

「あー、アレね。なるほどねぇ」

「アレってなんですか、社長」

紙袋を受け取って、紗雪は首をかしげた。

夏目は腹の底が見えない笑みを浮かべる。

「俺、いまさっき射殺《いころ》されそうな目でにらみつけられて怖かったんだけど」

「ええ？　わたし、いくらなんでもそんな目で社長を見てないですよ」

「いやいや、名取じゃなくて。まあいっか」

勝手に自己完結して、それから夏目は表情を意地の悪そうな笑みに変えた。

「けれどあそこまであからさまだと、俺としては意地悪したくなっちゃうな。ああ、もっとイジっておけばよかった。たとえば、腰をちょっとかがめてキスしてるような角度を演出するとか」

「だから、なんの話ですか？」

「取り越し苦労の話」

夏目は腕を組んで、エレベーターホールに目線を投げた。

紗雪もつられてそちらを見たが、静まり返るいつもの光景があるだけだ。

「俺の名取への愛は、家族愛みたいなもんなのにな。妹っつーか娘っつーか。なぁ、名取」

「はあ。ありがとうございます」

夏目はいつになく脈絡がない。

よくわからないながらも、紗雪は礼を言っておいた。

「父親としては、娘の新居と、娘にしつこく言い寄る男をチェックする必要があるでしょ」

「言い寄られてないですって」

紗雪が慌てて否定すると、夏目は見透かすように目を細める。

「コラコラ。そこまで鈍い女じゃないだろ、おまえは。元カレくんの目を見ればすぐにわかるだろ。あんなにあからさまなんだから」

「その言い方だと、社長が彼に会ったことがあるように聞こえますけど」

「見たもん。さっきエレベーターに乗っていったよ」

「ええ!?」

紗雪はもう一度振り返った。

そこにはやはり誰もいない。

「なかなか気が強そうな男じゃないか。びっくりするほどのイケメンくんだし、タワマン所有の金持ちだし、ヨリ戻したら？」

「無責任に適当なこと言わないでくださいよ」

紗雪は動揺した。動揺してしまう自分が嫌だ。

「それにしても、恐ろしいほど耀太に似てたな」

苦笑混じりの息をつきながら、夏目は誰もいないエレベーターホールを眺めた。

紗雪はぎくりとする。

やはり、第三者の目から見てもそうなのだ。

このことについて、詳しく突っ込んでほしくない。

どうやって話題を変えようか懊悩《おうのう》していると、頭の上に夏目の手のひらがポンと乗った。

「ま、気楽に行けよ」

『気楽に』と言われても、難しい。現状に頭を悩ませてばかりだ。

途方に暮れて小さくため息をつくと、夏目はいつもの調子で笑った。

「考えすぎはハゲの元だぞ。女だからって油断するなよ。気づいたときには手遅れになっているかもしれないからな」

「嫌なこと言うなぁ」

紗雪は思わず笑った。笑うと少しだけ気分が軽くなるから不思議だ。

夏目と別れてエレベーターに乗り込んだとき、紗雪のスマホが鳴った。

メッセージアプリを開くと、香織の名前が表示される。元のアパートの近くに住んでいるママ友だ。

(そういえば香織さんに連絡しそびれていたな。一時的に引っ越したことについて、どうやって説明しよう)

紗雪はメッセージに目を走らせて、驚いた。蓮に関する言及があったからだ。

『最近見ないけど元気？　この前保育園のママさんと話したんだけど、紗雪さんのことが話題になってるみたいだよ。耀太くんにそっくりな男の人と耀太くんが、一緒に買い物してるのを見たって人がいたみたいなの。紗雪さんもその場に一緒にいて、まるで親子みたいだったって』

しまった、と紗雪は思った。ママさんネットワークは恐ろしいほど情報が速く、広大だ。そのことをすっかり失念していた。人の目をもっと気にするべきだった。

香織からのメッセージは続く。

『そのママさんから、耀太くんのお父さんて亡くなってるはずよね？　って聞かれちゃって。その聞き方が好奇心いっぱいっていう感じで嫌だったから、ヘタな勘繰りやめたら？　って言い返しちゃった。なにかあったら紗雪さんの力になるから、言ってね』

香織の心遣いはありがたい。きっと心配してくれているのだろう。

紗雪は感謝の文面を綴《つづ》り、『落ち着いたら連絡するね』と添えた。

子持ちの未亡人に男ができたようだ、という話はママさんたちの格好のネタに違いない。しかもその男が、子供にそっくりだというオマケつきである。噂好きならば漏れなく飛びつくだろう。

香織の言うようなヘタな勘繰りというだけであればまだいいのだが、蓮が耀太の父親というのは事実だ。ここが痛いところである。

人の噂も七十五日という。しかも自分と耀太は、放火犯が見つかったら元の生活に戻るのだ。放っておけば噂は自然と消えていくだろう。

それでも紗雪は心配だった。

保育園にはおませな園児もいる。その子が母親たちの会話を耳にし、耀太に余計なことを言ってしまうかもしれない。

「保育園の先生に、一応連絡しておいたほうがいいのかな……」

事実をうまくぼかして先生に伝えて、問題が起こらないようにフォローしてもらったほうがいいかもしれない。

たとえば仕事関係の事情で、女性の同僚の家にしばらく泊まらせてもらっていることにするのはどうだろう。たまに男性の同僚に、買い出しに付き合ってもらっているとか……。

嘘やごまかしが増えていく。自分で決めてきたこととはいえ、心苦しい。なにより耀太が傷つくような事態だけは避けたかった。

エレベーターから降りて、紗雪はスマホから保育園に電話した。担任のあけみ先生につないでもらう。

先生は、短大を卒業して二年目の素直で可愛らしい女性だ。

先ほど考えた偽りの事情を話し、紗雪はお願いをした。

「どうやら保育園のママさんたちのあいだで、会社の同僚が父親じゃないかとか、いろいろ噂されているようなんです。でもそれは誤解なので、もし耀太にそういう話をしてくるお友達がいたのを見かけたら、フォローしていただいても大丈夫ですか？」

神経質な母親だと思われるかもしれないが、かまっていられない。

先生はふたつ返事でＯＫしてくれた。

『はい、わかりました！　よっぽど大丈夫だと思いますけど、そういう場面を見つけたらフォローしますし、名取さんにもご連絡いたしますね』

元気いっぱいの声からは、不思議と力をもらえるものである。

紗雪はほっとしつつ電話を切った。

「遅かったな」

玄関扉を開けると、廊下から蓮が現れた。

まだ不機嫌でいるのかな、と表情を窺う。

すると不機嫌というよりは、不安そうな状態でいるらしいことがわかった。

紗雪は「保育園の先生に話すことがあって、電話してたの」と言いながらリビングに入る。

いつのまにか太陽が沈みかけていて、開いたカーテンの窓から紫色の空が広がっていた。リビングの電気は消えたままで、室内は薄暗い。

いただき物のケーキを蓮にもお裾分けしようと考えたが、蓮は甘い物が苦手だったことを思い出した。

箱を冷蔵庫に入れながら、口を開く。

「今日はありがとね。子供と外遊びは疲れたでしょ？」

「ああ、でも楽しかったよ。耀太が喜んでくれてよかった。ぐっすり寝ていたからベッドに寝かせてるよ」

「はしゃぎ疲れたのかもね」

そこで会話が途切れた。いつもなら、蓮がここで帰るところだ。

けれど今日はそうならなかった。蓮はソファの背面の後ろで突っ立っている。どこか途方にくれているような風情だ。

「どうしたの、蓮？」

「さっき、駐車場で話があるって言っただろ」

紗雪は思い出した。腕をつかまれ、引き止められたときのことだ。蓮の手の力強さがよみがえってきて、動揺が戻る。それを悟られたくなくて、紗雪は曖昧に視線を逸らした。

「話って？」

「放火犯が捕まったあとのことだよ」

蓮の声が緊張を帯びている。

紗雪は彼に目を戻した。

「その話は何度もしたじゃない」

「聞いてくれ、紗雪」

懇願するような響きの声に、紗雪は口をつぐんだ。

あの強気な蓮が、こんな声を出すなんてよほどのことだ。

「犯人が捕まって、おまえたちがこのマンションを出て、それでさようならなんてことと俺はできない」

「できないって、どういうこと？」

「紗雪と耀太にこれからも会いたい」

ストレートにぶつけられた想いに、紗雪は言葉を失った。

蓮はまっすぐすぎるほどの視線で紗雪を見つめながら、続ける。

「会って、一緒に出かけたい。今日みたいに公園に行ったり、先週みたいに買い物ついでに食事をしたりしたい。俺はおまえたちとのつながりをなくしたくない」

「困るよ、蓮」

反射的に紗雪は首を振った。喉がカラカラに渇いていく。

「約束が違う。蓮だって、放火犯が捕まったら関わらないと言ってたじゃない」

「むりだったんだ。最初からできない話だった。俺にとっては」

蓮がこちらに足を踏み出した。

紗雪は逃げるように後ろへ下がる。と、腰がダイニングテーブルに当たった。

薄紫の太陽光が、室内をうっすらと染めている。

蓮は、端整な面差しを苦しげに歪めていた。筋肉質の体は力強さに満ちているのに、いますぐ駆け寄って抱きしめないと崩れ落ちてしまいそうな気がした。

「俺の恋は終わってない。四年前からずっと、いや、紗雪とはじめて会った六年前から消えてくれない。きっとこの先もなくならない。忘れられるとは、とても思えない」

「蓮――」

紗雪の心臓がバクバクと脈打った。蓮が、踏み入れてはいけないところまで一気に踏み込んできたことを知る。

「おまえが好きだ」

熱情と恋情に揺れる双眸で、蓮はまっすぐにこちらを見ていた。

「好きだ。愛してる。四年前からずっと、忘れたことなんてなかった」

蓮の両腕が伸ばされた。

それを避けることは、もしかしたら紗雪には可能だったかもしれない。

けれど紗雪は金縛りにあったかのように動けなかった。たくましい両腕に抱き寄せられ、胸の奥に抱き竦められて、それでも紗雪は蓮を押し返せなかった。

自分の心臓の音が聞こえる。そして耳元から、心に直接ふれるような低音が流し込まれてくる。

「もう一度やりなおせないか？　そのチャンスを、俺にくれないか？」

かすれるような声音の懇願は、紗雪の心を大きく揺らした。強く抱きしめてくる蓮の両腕は、紗雪のことをなにものからも守ってくれそうな気がした。

このまま蓮に身も心もゆだねてしまえば、もしかしたら自分は楽になれるのかもしれない。

愛し愛され、守られるのはきっと、泣きたくなるほどの安心感をくれるだろう。四年前、紗雪はその感覚を当たり前のように享受していた。

「紗雪」

片腕で腰を抱きながら、もう片方の手が動いて紗雪の顎をつかんだ。

この長い指の感触を紗雪はたしかに知っていた。そして、そのあとに訪れる甘やかな一瞬を。

けれど次の瞬間に紗雪を襲ったのは、甘いどころではない激しすぎる熱情だった。

蓮は紗雪を奪うように、求めるように、かき抱くようにして、唇を重ねてきた。

「っ、……れ、ん……ッ」

「紗雪──」

とっさに逃げようとした紗雪を、蓮は力で押さえ込む。

ありあまる熱情をぶつけてくるようなキスに、呼吸することさえままならない。奪い尽くそうとでもするかのような唇と、抱き竦めてくる力強い両腕に、全身が支配されていくような感覚さえした。

やがて脚から力が抜け、カクリと膝が崩れた。縋るように蓮のシャツを両手で握りしめようとする。が、その指も震えてしまって、弱々しく引っかくので精いっぱいだ。

紗雪の様子に気づいたのか、蓮は抱き支えながらゆっくりとキスをほどいた。

霞《かす》む視界に蓮の双眸が映る。

愛しげに、そしてもどかしげにこちらを見下ろしていた。紗雪と同様に蓮も息を乱していたが、紗雪を抱く力に衰えは窺えなかった。言葉にならない想いを込めるように、蓮の親指が紗雪の唇をなぞっていく。少しカサついた硬い指先。

この感触も記憶にある。愛され、そして愛した記憶だ。

胸が刺し貫かれるように痛んで、目の奥が熱くなる。紗雪は無意識のうちに、声を発していた。

「やめて、蓮」

蓮の体がビクリと震えて、指の動きが止まった。

「……やめて」

紗雪はその手をつかんで引き下ろし、蓮の胸を押した。

蓮はよろけるように後ろに下がった。

ダイニングテーブルを後ろ手で支えにしながら、紗雪は震える両脚に力を込める。

いま、言わなくてはいけないと感じた。もしかしたら四年前に、書き置きに加えておくべきだったかもしれないとも。

紗雪は一度深呼吸をして、それから蓮を見つめた。

蓮は息を詰めるようにしてこちらを見返している。

「わたしの両親は過労死しているの」

「……え？」

蓮は目をゆっくりと見開いた。脈絡のない話に戸惑ったのか、はじめて聞かされた事実に驚いたのか。その両方かもしれない。

「父は会社経営者だった。町の工場《こうば》で、小規模だったけれど、経営は堅実だった。でも不景気の折に取引先が次々と事業を畳んだり縮小したりして、父の会社は傾きはじめたの。父は昼も夜もなく働いていたよ。従業員だった母も同じ。働いて、働いて、それでも会社の数字はよくならず、父は倒れて、そのまま死んでしまった」

蓮の顔色がみるみる青くなっていく。彼とのあいだでは両親の話を避けてきた。だから、蓮にとってはじめて知る情報だったと思う。

紗雪は続けた。

「その後は母ひとりで会社をなんとかしようともがいていたけど、その母もやっぱり倒れて死んでしまった。会社は結局倒産した。わたしはひとりきりになって、祖父母に引き取られたの。そこで静かに暮らしていたけれど、ずっと寂しかった。会社なんて潰れてもいい、貧乏暮らしで路頭に迷ってもいいから、両親にはそばにいてほしかった。生きていてほしかったって、あの頃は何度も思って泣いていた」

もう過去の話だ。気持ちの整理もついている。ただ両親の死が、深い悲しみを紗雪の胸に刻み込んだことは事実だ。

紗雪は口元にかすかな笑みを滲ませる。

「もう二度とあんな思いはしたくないし、子供にもさせたくない」

「だから、か」

蓮が乾いた声を絞り出した。

「だから俺から離れたのか。秋月工業が傾いて、潰れそうだったから」

「わたしがいなくなれば、蓮は宝生グループとの……つながりを選べる。そうすれば会社は存続して、誰も苦しむことなく、すべてが続いていく。逆にわたしがいれば、蓮はわたしのことを選んでしまうかもしれない。蓮は、わたしと子供を守るために必死になって働くでしょう？　それが簡単に想像できたから、耐えられなくなったの」

「俺をみくびらないでくれ」

震える声で蓮が言った。両の手のひらが、固く握り込まれる。

「それが理由なら、到底納得できない。ご両親のことは残念だし、子供時代に寂しい思いをした紗雪のことを思うと、俺だってつらい。けれど、俺とご両親は同じ人間じゃない。時代も違うし状況も、背景だって違う。だから、まったく同じ道をたどるだろうという考え方自体が間違っている。そんなことで別れを選んだなんて、絶対に間違ってる」

血を吐くように蓮は言う。

「わたしもそう思うよ」

笑みの形をした己の口元が、震えた。紗雪は渇いた喉を動かした。

「それだけの理由だったら、わたしは違う選択をしたかもしれない。蓮に相談したかもしれないし、なんとか自分のなかで収めて乗り越えようとしたかもしれない。けれど、それだけじゃなかった」

蓮が眉をひそめた。

「なにがあった?」

「秋月家と関わりを持ちたくなってしまったの。だから蓮のそばに残って蓮を──秋月工業を支えることはできないと思った」

蓮の頬が強張った。

紗雪の目の奥が痛んで、涙がこぼれそうになる。あのときのことを思い出すと、怒りと悲しみに呑み込まれてしまいそうになる。

「お腹の子供はあきらめるようにと、あなたの父親に言われたの」

蓮は目を見開いて愕然とした。

紗雪は、おかしくもないのに笑いたくなった。

「お金を渡すから蓮と別れてくれ。そしてお腹の子供を、堕してくれ。あなたの父親は、あの夜わたしにそう言ったんだよ。──なんて自分勝手なの」

感情に呑まれないように、紗雪は自分を制した。自身を抱くように両腕を回し、込み上げる涙を必死にこらえる。

「秋月工業のために、どうして耀太が犠牲にならなければいけないの？」

秋月工業には潰れてほしくない。

でもそのために耀太をあきらめろというのは、絶対に承諾できない。

「蓮の前から姿を消したのは、感情的で短絡的な行動だったかもしれない。でも、もうダメだと感じたの。この子を秋月家に関わらせたくない。生まれる前から生まれることを否定された、そんなことを、この子に少しでも感じてほしくない。だからわたしはあの夜ひとりで家を出た。この子はわたしが育てるんだって、心に決めて」

蓮は絶句し、立ち尽くしていた。この子。端整な面差しは蒼白になって、事実を受け止めることで精いっぱいという様子だった。

紗雪は呼吸を整え、目を伏せた。それから蓮をふたたび見た。

四年前、大好きだった人。

この人から最愛の命を授かった。

「あなたはなにも悪くない」

青ざめた蓮の唇が震える。

「あなたのもとから逃げ出して、耀太を産んで、育ててきた。苦労もあったけど、幸せなことのほうがもっと多かった。わたしはいまの生活に満足してる。これ以上、なにもいらないの」

蓮がさらに傷ついた表情になる。

自分はこの人を何度傷つけるのだろう。

紗雪は唇を噛んだ。しばらくののち、再度口を開く。

「ごめんね、蓮。だからあなたの気持ちには応えられない」

痛々しい沈黙が場を支配した。

やがて蓮は「すまない」と小さくつぶやいた。深すぎる悔恨を抱えた声だった。

灯りのついていない部屋に戻った蓮は、ジャケットを羽織ったままの姿でソファに腰を下ろした。

真冬の一室は冷えきっていたが、暖房をつけるためにリモコンに手を伸ばす気にはなれなかった。むしろ、肌を刺すような冷気がちょうどいいくらいだ。あらゆる情報と感情がせめぎ合い、オーバーヒートを起こしている脳には、適切な冷却剤だった。

（俺が秋月と無関係になれば、おまえと耀太はそばにいてくれるのか？）

そう問えばよかったのかもしれない。

秋月工業を出て、秋月家に断絶を告げ、紗雪と耀太のためだけに生きる。紗雪にそう告げれば、彼女は戻ってきてくれたのだろうか。

『わたしはいまの生活に満足してる。これ以上、なにもいらないの』

『あなたはなにも悪くない』

紗雪の言葉を思い出す。

きっと彼女は戻らない。

これ以上なにもいらない、それが彼女の本心だからだ。

蓮に落ち度はないと紗雪は言っていたが、それは違う。四年前の状況をすべて把握していたのは、自分だけだったからだ。

秋月工業が経営不振に陥っていたことも、両親がそれに追い詰められていたことも、宝生家との婚約話が持ち上がっていたことも、――そして紗雪が妊娠していたことも。

それらの情報を全部知っていたのは自分だけだった。

だから、四年前の事態を止められたのも、自分だけだったはずなのだ。

蓮は苦痛に呻《うめ》いた。胸が引き裂かれるように痛む。

蓮はポケットからスマホを取り出した。力ない手つきでタップし、電話をかける。数コールで相手が出た。父親だ。

「父さん。聞きたいことがあるんだ」

電話口の父親は嬉しそうな声で『どうした、おまえから連絡してくるなんて珍しいな』と告げた。

蓮は前置きなく尋ねた。

「四年前、紗雪に──名取紗雪に、お腹の子供をあきらめるように言ったって、本当か？」

父親は息を呑んだ。その反応だけで充分だった。

腹の底から怒りが込み上げてきて、唇が震えた。

『すまない、本当に。あのときは動転して、どうかしていたんだ。母さんからも責められたよ。ひどいことを言って本当にすまなかったと思ってる』

「失望したよ」

短く告げて、一方的に通話を切った。これ以上会話を続けていたら、とんでもない言葉をぶつけてしまいそうな気がしたからだ。

スマホを座面に放って、蓮はうなだれる。

「ごめん……耀太。紗雪」

四年前から自分は、なにも守れていなかった。


翌朝の月曜日は、抜けるような晴天だった。

「おはよう、耀太！　今日は保育園だよ」

アラームと共に目を覚まし、紗雪は隣で丸まっている耀太を揺する。

耀太は「んー」と目をこすりながら伸びをした。

「おはよー、ママ。今日も眠いねぇ」

「そうだねぇ。でも起きる時間だから起きようね」

耀太の小さな背中を抱き起こし、ぽんぽんと叩く。

耀太は欠伸《あくび》をして「うん、起きる」と言った。声に張りがないし、背中が丸まってうつむきがちだ。元気がないように感じたが、寝起きだからこんなものかもしれない。

耀太に顔を洗わせて、ついでに自分も洗って、着替えとメイクを手早くすませる。

働くママの身支度時間は十分以内が鉄則だ。

炊飯器からよそったごはんに、海苔《のり》玉子のふりかけをかける。昨夜のうちに作っておいただし巻き卵とゴボウの煮物をレンジで温め、お皿に並べる。ぬるめのお茶をプラスチックのコップに注ぎ、テーブルに置く。

耀太と並んで椅子につき、『いただきます』の挨拶をした。三歳児にとってこぼさず食べることは難しいので、食事を手伝いながら紗雪も手早く朝食をすませた。ごちそうさまをして、歯を磨いて、着替えさせる。耀太がトイレに行っているうちに、急いでカバンや上着を用意する。

今日も朝からバタバタだ。忙しいことこの上ない。けれど充実している。こうして動いているときは、余計なことを考えなくてすむ。

「耀太、そろそろ出かけるよ」

「うん……」

トイレから出てきた耀太が、元気のない声をしている。

起き抜けも元気がないと感じたことを思い出した。紗雪は眉を寄せる。

「どうしたの、耀太。お腹痛い？」

「んー。わかんない……」

耀太は要領を得ない。心配になり、紗雪はしゃがんで目を合わせた。おでこにふれて熱の具合をたしかめてみる。

「熱はないみたいだけど。体温計持ってこようか」

「うん……、ねえ、ママ」

迷うようにしたのち、耀太はおずおずと目を上げた。

「ママ、昨日、レンさんとケンカした？」

「えっ？」

紗雪は目を見開いた。耀太は必死なまなざしを向けてくる。

「ママ、レンさん嫌いになっちゃった？　レンさん、来なくなっちゃう？」

しまった、と紗雪は思った。耀太は昨日の会話を耳にしていたのだ。寝ているとばかり思っていたから、油断した。

耀太はまだ三歳だから、会話の詳しい内容までは理解できていないだろう。尋常ではないほど緊張しきった空気を感じて、『ケンカしている』と理解したのだ。

「ヨウタ、レンさんと会えないのやだ。ママ、レンさんとなかよしできる？　せーのでごめんなさいするの。できる？」

懸命な耀太の様子に胸を打たれる。

いつのまにか、耀太はこんなにも蓮に懐いていたのだ。

それも当然だと紗雪は思う。蓮は全力を込めて耀太を愛してくれている。耀太と、そして紗雪のことを大切にしてくれている。母親と自分を想ってくれる人に親しみを覚えるのは、子供にとって自然なことだ。

加えて耀太と蓮は、本当の父子である。目に見えない血のつながりというものを、子供ならではの第六感で感じ取っているのかもしれない。

「……耀太」

頭を優しく撫でながら、紗雪はゆっくりと言った。

「蓮さんについて、お話があるの。保育園が終わったらちゃんと話すから、いいかな？」

「……うん」

「いま話したいけど、保育園遅刻しちゃうから。ママも、今日は会社に行く日だし」

「うん」

耀太はうなずいた。紗雪はもう一度頭を撫でて、小さな体を抱き上げる。

耀太は両手を伸ばして、紗雪の首にしがみついた。

本当の父親が蓮であることを、話すつもりはない。耀太を混乱させるだけだからだ。

けれど、これだけは伝えておかなければならない。放火犯が捕まったら元のアパートに戻ること。蓮とはもう会わないことを。

そしてあらかじめ心に決めておいたように、蓮の抜けた穴を自分が全力で埋めていこう。

楽しいことを耀太とたくさんして、いっぱいおしゃべりをして、寂しさを吹き飛ばそう。

紗雪はそう強く思った。


「名取、顔色がすっごく悪い」

出社して顔を合わせた社長の、開口一番がこれだった。

紗雪は片手で自分の頬を触りつつ、デスクにポーチを置く。

「ほんとですか？　寝不足かな。それにしても社長は、今日もお肌がツヤピカですね。羨ましい……」

「イケメンは肌も綺麗って、相場が決まってるからな」

しれっと言いながら、夏目は社長用のデスクから立ち上がった。

月曜の朝礼前、社員たちは休日疲れなのか、ぼんやりと仕事の準備をしている。

夏目は紗雪のところまで来て、こちらを覗き込んできた。

「なんですか、社長？　仕事の準備をしたいんですけど」

「むりしてない？　あの元カレくんにイジメられでもした？」

「そんなことされてませんよ」

「そう？　じゃあケンカかな」

「……ケンカでもありません。ただちょっと、話し合いがこじれたというか。でもちゃんとまとまったから大丈夫だと思います」

早くこの話題を終わらせたい。ただでさえ夏目は勘が鋭いのだ。

「こじれちゃったか。お相手さんも難儀だねぇ」

「言い方が年寄りじみていますよ、社長」

「名取、おまえもさ」

夏目は口の端で笑った。

「あんまり意地張るなよ。なにが理由で元カレくんと別れたのか知らないが、過去にこだわるあまりにいまの感情を蔑《ないがし》ろにして、後悔しないようにな」

意外な言葉に、紗雪はまばたきをした。

（過去にこだわっている？　わたしが？）

夏目はデスクから離れ、別の社員に声をかけにいってしまった。

紗雪はしばし考え込んだ。

夜の七時、紗雪は自転車にまたがって保育園に向かった。耀太を引き取って後ろに乗せ、マンションに向かう。

耀太は朝と同様元気がなかった。むしろ朝よりも、さらに落ち込んでいるようにも見える。

「ねえ耀太、コンビニであんまん買って帰ろっか！」

元気づけるために、チャイルドシートに向けて紗雪は声をかけた。

あんまんは耀太の大好物だ。けれど耀太は「いらない」と抑揚のない声で言った。

いよいよ心配になると、今度は耀太から別のことを提案される。

「あんまんいらない……けど、ヨウタ、今日は元のおうちに行きたい」

「え？」

国道の脇にある歩道で、紗雪は思わずペダルを止めた。耀太を振り返る。

「元のおうちって？　アパートのこと？」

「うん、元のおうち。今日はそこでママと寝たい」

「……。わかった」

耀太の情緒が不安定になっているように感じる。なんとかケアしたくて紗雪はうなずいた。

放火犯がうろついているかもしれない地域に、いまの時間から向かうのは危険かもしれない。

でもここで耀太の要望を頭から却下するより、彼の心に寄り添いたかった。

あの事件があったあとも、ほとんどの人はあの地域に住み続けている。

紗雪はたまたま蓮の提案に乗れたというだけだ。それがなかったらいまでもあそこに住んでいただろう。

……もしかしたら、そろそろ戻るべき時期なのかもしれない。

放火犯はまだ捕まっていない。でも、蓮のマンションに住まわせてもらうと決めたときと比べたら、自分と彼との関係性が変化してしまっている。

ただ戻るにしても、荷物の移動があるから週末までは難しいだろう。一泊くらいはできるだろうから、耀太がアパートに行きたいと言うのなら連れていきたい。そして、じっくり耀太と向き合う時間を取りたかった。

アパートの水道や電気は止めていない。部屋の契約もそのまま残してある。帰らなかったのは三週間ほどだ。多少埃は積もっているかもしれないが、問題ない。調理器具や食器類はないけれど、今夜くらいは奮発して、夕食はデリバリーでも頼めばいい。

紗雪はカバンからスマホを取り出した。

今夜はアパートに泊まることを、蓮に連絡しておかなければ。昨日の今日でなんとなく気まずいが、蓮は会社帰りにマンションに寄ることもあったから、念のためだ。

まだ仕事中かもしれないから電話は控えて、メッセージを送った。

するとすぐにスマホが震えて、蓮から着信が来た。

『もしもし、俺だ。いまからアパートに戻るって、どういうことだ？　放火犯はまだ捕まってないだろう』

蓮の声は明らかに焦っていた。もしかしたら、アパートに戻るからマンションにはもう住まないのだと勘違いさせてしまったかもしれない。

紗雪は慌てて言った。

「そうじゃないの。アパートに戻るのは一時的にだよ。明日にはマンションに移るつもり。ちょっとね、耀太が元気なくて」

紗雪はここで声をひそめた。耀太に聞かれないようにするためだ。

「今夜はアパートで寝たいって言うの。この子がわがまま言うの珍しいし、元気をなくしてるみたいだから、もしかしたらホームシックみたいなのになっちゃったのかもしれない。だから、聞いてあげたいんだ」

『耀太が？　そうか、心配だな……』

真剣な声で蓮が言う。彼は耀太のことを本当に大事に思ってくれているのだ。

『そういうことなら一度戻ったほうがいいかもしれないな。けれど、こんな時間にアパート付近に行くのはやめてくれ。自転車なんだろう？　俺が送っていくよ。一時間以内に迎えに行くから、マンションで待っていてくれ』

「さすがに申し訳ないよ。充分気をつけるから大丈夫だよ」

『ダメだ』

鋭い声で蓮は言う。

『絶対に大丈夫なんていう保証はないんだ。なにかあってからじゃ遅いだろう。俺はもう後悔したくない』

最後の言葉に紗雪は胸を突かれた。それほどまでに、切実な感情を含んだものだった。

『とにかくマンションに迎えに行くから。部屋で待っているんだぞ』

「……うん。ありがとう」

通話が切れた。自分の白い息が夜の空気のなかを舞っている。

それを目で追っているうちに、チャイルドシートから「ママ?」と声がかかった。

「ママ、どうしたの? 泣いてるの?」

心配そうな耀太の声に、紗雪はとっさに目元を指でたしかめた。泣いてない。涙は流していない。

けれど耀太は、子供ながらの鋭敏さで、母親の心の揺れを感じ取ったのかもしれなかった。

「大丈夫だよ、耀太」

紗雪は振り返り、笑いかけた。耀太を安心させるために、幼児用のヘルメット越しに頭を撫でる。

「蓮さんがアパートまで送ってくれるそうだから、ひとまずマンションに行こう」


「遅くなってすまない」

息を弾ませながら蓮が玄関先に現れたのは、午後九時を回った頃だった。

「会社を出ようとしたときに、佐伯のやつが案件を持ってきて……。耀太はもう寝てるか？」

「起きてるよ。仕事、大丈夫？」

紗雪は心配になって聞いた。

蓮はスーツ姿だったのだが、よほど急いだのか、ネクタイはゆるんでいるし髪も乱れている状態だ。

このような姿であっても、さすがと言うべきか、人の目を一瞬で奪うような美貌は損なわれていない。むしろこういう切羽詰まった姿によって、魅力を増しているようにも見える。

「ああ、仕事のほうは対処してきたから問題ない」

耀太はリビングのソファでうつらうつらしていた。蓮が来たことに気づいて表情を曇らせる。いつもは満開の笑顔になるのに、やはり今日の耀太は様子がおかしい。

蓮もそれに気づいたのか、いつもより優しげな、宥《なだ》めるような笑顔になった。

「迎えに来たぞ、耀太。いまから出られるか？」

「……うん」

蓮は耀太の正面に膝をついて、耀太を覗き込んでいる。けれど耀太は、まともに蓮の目を見返さない。

紗雪と蓮は無言で視線を交わし合った。

それから蓮は、耀太を抱き上げて立ち上がる。

「よし、じゃあ行くか。風呂はもう入ったのか？」

「うん、ママと入った」

「なら、あとはもう寝るだけだな」

耀太はパジャマ姿で、紗雪はコットンパンツとロングTシャツという部屋着姿だ。当然すっぴんだが、蓮に対してこういう部分で自分を取り繕う必要はないだろう。

蓮は片腕で耀太を抱いて、お泊まり用のボストンバッグを肩に引っかけた。

紗雪は礼を言いつつ、自分用の小ぶりのカバンを持って車に向かう。

蓮は車に紗雪の自転車を積み込んでくれた。明日、保育園の送迎に使うためだ。

後部座席に紗雪と耀太を乗せて、蓮は車を走らせた。

アパートに着いたときには、耀太はいつものようにチャイルドシートのなかで眠ってしまっていた。

路肩に駐車し、蓮はエンジンを切る。

紗雪は後ろから声をかけた。

「ありがとうね、蓮。なにからなにまでしてもらって」

「いや」

蓮はこちらを振り向いた。インパネの光が、彼の端整な顔立ちをほのかに照らしている。

「気にしなくていい。俺がやりたくてやっていることだ。耀太はもう寝たのか？」

「うん、このまま抱っこして連れていくね。途中で起きなければそのままベッドで寝かせるよ」

「荷物は俺が運ぶよ。耀太、このまま起きないといいな。もう九時半だし。明日もおまえ、仕事なんだろ？　出勤か？」

「うん、出勤。早帰りのシフトの日だから気が楽だけどね」

「そうか、よかったな」

蓮はやわらかく笑う。

その表情に紗雪はつい惹き込まれた。

昨日あんな言い合いをしたばかりだというのに、心を揺らしてどうする。もっとしっかりしないといけない。

「あいかわらず可愛い寝顔だな」

耀太に目を移して、蓮はほほ笑んだ。

耀太はチャイルドシートにすっぽり収まって、すやすやと寝息を立てている。

「紗雪の言うとおり、耀太の様子がおかしかったな。なにがあったんだ？」

紗雪は答えるべきか迷った。

蓮に相談するべきことではないかもしれない。放火犯が捕まったら関わりを断つと彼に告げたのは、昨日の話だ。

でも意思に反して、紗雪の口が動いた。

思いのほか弱々しい声が出て、自分でも驚いたくらいだ。

「昨日のわたしたちの話を、耀太が聞いていたみたいなの」

「え……!?」

蓮は愕然とした。上ずった声で言う。

「昨日の話って、まさか俺の親が言った言葉を？」

「あ、違うよ。それは違うから安心して。会話の内容は耀太にはまだわからないの」

紗雪は慌てて訂正した。

蓮は長く息をつく。

「そうか、よかった……」

暗がりでも青ざめた顔が見える。

ふと紗雪は、四年前のあの夜を思い出した。

もしもあのとき、蓮に告げていたら。

秋月夫妻に言われたことを蓮に打ち明け、どうしたらいいのかを聞いていたら。蓮を頼り、傷ついた心をさらして、怯えも不安もすべて蓮にゆだねていたら。

いまとはまったく違う未来が、自分たちに訪れていたのだろうか。

「じゃあ、どの部分を聞かれたんだ？」

蓮の質問に、紗雪は我に返った。

「具体的な会話の内容を聞いたというよりは、深刻そうな雰囲気を感じ取ったみたい。蓮さんとケンカした？　って聞かれたの」

「ケンカか。それとはちょっと違うと思うが……」

蓮は自嘲の笑みを滲ませた。

「だから耀太も、俺を敵だと思ったってことか？」

「……そうじゃないと思う。仲直りしてほしいって言ってたから」

耀太は蓮と会えなくなるのが嫌なのだ。耀太にとって蓮の存在がとてつもなく大きくなっている。

（それならわたしは？）

自分への問いかけが落ちてきて、紗雪は息を止めた。

（わたしにとって蓮の存在は？）

蓮は自身の気持ちをまっすぐにぶつけてくれた。蓮にとって紗雪がどんな存在なのかを、明らかにしてくれた。

けれど自分は過去にあったことを話すばかりだ。

両親を亡くしたことや、蓮の親になにを言われたのかを話すばかりで、蓮に対するいまの想いをひとつも伝えていない。

それどころか自分の想いに、向き合おうともしていない。

蓮と再会してどう思ったのか。マンションを借りて、彼と一緒に過ごすあいだになにを感じたのか。放火犯が捕まって彼から離れたら、自分はどんな気持ちになるのか。

そういったいっさいの感情について考えなかった。あえて考えないようにしていた。

自分の感情に真正面から向き合ったら、耐えられないからだ。

四年前もそうだった。

向き合っていたら、蓮のもとから離れることに耐えきれなかった。

（だって、大好きだった）

愛していた、なによりも。

蓮がそばにいてくれるなら大丈夫だと思えた。そばにいることが当たり前で、この先も続いていくのだと無条件に信じていた。

「仲直り、か」

蓮のつぶやきに、紗雪は現実感を取り戻した。

蓮は寂しげに続ける。

「なおすどころか、俺たちの関係はもう」

もう終わっている。

断ちきったのは、ほかならぬ紗雪自身だ。

アパートのリビングの扉を開けた音で、耀太が目を覚ました。

後ろ手に扉を閉めて、紗雪は腕のなかでもぞもぞする耀太をあやす。

「起きちゃった？　アパートについたよ、耀太」

「んー……アパートだぁ……」

むにゃむにゃと耀太が目をこする。

お泊まり用の荷物は蓮が運んでくれた。彼はすでに車に戻っている。

「このままベッドに行く？　お布団しばらく干してないから、ふかふかじゃないかもしれないけど」

「お布団、ふかふかじゃなくてもヨウタ平気」

言いながら、耀太はあたりを見回した。

古いアパートのリビングは、三週間前に出たままの姿で迎えてくれる。すべて以前のままなのに、どうしようもない静けさと寂しさが床に沈澱しているように感じた。蓮のマンションに慣れすぎてしまったせいだろうか。彼の気配をそこかしこに感じるような空間に。

「レンさん、いなくなっちゃった？」

心許なげに耀太は言う。マンションのソファで耀太がうつらうつらしているところを、蓮が抱え上げて車に運んだ。そのことを、耀太は覚えていたのだ。

紗雪はほほ笑みを作りながら、耀太の背を撫でた。

「蓮さんは自分のおうちに帰ったよ」

「おうち……」

耀太は考え込むようにつぶやいた。

床に下りたがったので、紗雪は腰をかがめて耀太を降ろす。

小さな足で耀太はリビングを横切り、戸棚に置いてあるコルクボードを見上げた。そこには家族写真が何枚も貼られていた。お気に入りの写真を、紗雪が選んで飾ったものだ。

家族写真――そこには当然、紗雪と耀太しか写っていない。

産院で助産師さんに撮ってもらった、生まれたての耀太と紗雪の姿。神社の鳥居の前で撮った初参り。安売りの鯛を買って焼き、アパートのテーブルにごちそうを並べたお食い初め。はじめての登園日と運動会、遊びに行った動物園や水族館。

なにげない日常を切り取ったものもある。春の晴れた日、ふたりで手をつないで散歩した。近くの公園で、お弁当を食べた。

どの写真も愛しい瞬間ばかりで、これを見るたびに紗雪は満ち足りた気分になれた。そして明日への活力に変えてきた。

それなのにいま見ると、なにかが足りないと感じてしまう。

「……ママ」

コルクボードから視線を外さないまま、耀太は小さな声を発した。

「レンさんは、ヨウタのパパ？」

第五章　家族

違う、そうじゃない。耀太のパパはお空にいるんだよ。

そう答えるべきだったかもしれない、間髪入れずに。

けれど言えなかった。喉元まで出かかった言葉は、蓮の姿が脳裏をよぎった途端にかき消えてしまった。蓮が耀太に向ける、優しい笑顔。そして紗雪にまっすぐぶつけてくる想いを、紗雪はありありと思い出した。

これらをなかったことにする気なのか、自分は。

放火犯が見つかったあとは、蓮の存在を封印し、以前どおりの生活を耀太と送るつもりなのか。そんなことが、本当にできるのか。

「パパなの？」

いまにも泣きそうな耀太の声が響いて、紗雪は我に返った。

コルクボードを背にしてこちらを見上げ、耀太は肩を震わせている。大きな瞳から、涙がいまにもこぼれそうだ。

「ママ、嘘つきなの？　嘘はダメって、ママいつも言ってる」

「耀太、それは——」

「保育園のリナちゃん、ヨウタにパパがいるの？　って。お空じゃなくて、そばにいるの？　って」

保育園のリナちゃん。おませな五歳児がすぐに思い浮かんだ。

あの子の母親は噂好きだ。リナちゃんの前で、ほかのママ友とこの話題で盛り上がったのかもしれない。そしてリナちゃんはそれを耀太に言ってしまったのだろう。

担任のあけみ先生から、このことについての報告はなかった。仕方がない部分もある。園児たちの会話のすべてを、ひとりの先生が聞き知ることはできないだろうから。

「ママとパパはリコンだって。だからママは、パパがお空にいるって嘘ついたって」

「離——」

紗雪は絶句した。ハタから見たらそう思われても仕方ないかもしれない。しかし保護者には、それを子供の前で話してほしくなかった。

耀太は潤んだ目でじっと紗雪を見上げていた。

紗雪はひどく動揺しながらも、平静をなんとか装って耀太の前にしゃがんだ。

「それは違うよ、耀太。リナちゃんの言うことを全部正しいって思わないで」

「全部違うの？」

「ちゃんと話すから。ね、耀太」

心臓がバクバク音を立てていた。まっすぐに見つめてくる純粋な耀太の視線が、肌を刺してくるようだ。

きっともう隠しきれない。けれどいま話したら、涙をこらえきれないかもしれない。すべてを話していいのかもわからなかった。

(どうすればいいの？)

紗雪は震える指を握り込んだ。がんばってほほ笑みを作る。

「今夜はもう遅いから、話し合いは明日にしよう？」

ひと晩だけでいいから、考える時間が欲しい。

「明日にはもっとじっくり耀太の話を聞くから。だから明日は保育園お休みしよう。ママもお仕事お休みするから、ゆっくり話そう？」

「……いまじゃないの、どうして？」

耀太の顔がくしゃりと歪んだ。両目にたまっていた涙が、ポロポロとこぼれてくる。小さな手の甲で、耀太は涙を懸命に拭った。

「ママ、嘘つきなんだ。レンさんも嘘つき。レンさん、ママとヨウタが嫌いで、リコンしたんでしょ。リナちゃん言ってたもん」

「そうじゃない、違うよ」

「レンさん、ヨウタ可愛いって。大好きだって、言ったのに」

泣きじゃくる耀太に、紗雪は手を伸ばした。いますぐに抱きしめないと、耀太が悲しみの涙で溶け消えてしまいそうに感じた。

耀太は紗雪の手を振り払った。

強い力で拒絶されて、紗雪は衝撃を受ける。

「ママもレンさんも嘘つき。もう知らない！」

叫び声を上げ、耀太は紗雪の横をすり抜けて玄関を飛び出した。

愕然としたのち、紗雪は弾かれるようにして耀太のあとを追った。


自分は母親失格だと、これまで何度打ちのめされてきただろう。

夜泣きがつらくてイライラしたとき。おむつからなかなか卒業しなくてくじけそうになったとき。雨の日にふたりきりでアパートにこもっていたら、世界に取り残されたような気がして涙が出てきたとき。

でもこれまでのなかで、いまが最悪だ。いままで嘘をつき続け、ごまかし続けてきたことが、最悪の形になって牙を剥《む》いてきた。すべて自分が招いたことだ。

「耀太、待って！」

ここが二階以上だったら、階段ですぐに追いついただろう。しかし一階の部屋からアパートの外に飛び出していった耀太は、まるで小さな弾丸のようだった。無我夢中で走る子供はすばしっこいのだ。

紗雪は必死に走った。こんなときに限って、通行人がいない。

耀太は角を曲がった。街灯のさらに少ない裏路地に入っていく。

紗雪は焦った。早く捕まえなくては。

耀太が路地を左に曲がろうとしたところ、前のめりに転んだ。進路を変えた弾みで、脚をもつれさせたようだ。

耀太はうつ伏せたまま顔を上げて、路地の先をなぜかじっと見つめている。それから紗雪を振り向いた。目が合う。

「耀太！」

紗雪はさらに足を速めた。

そのときふいに、左手の細い路地からひとりの青年が現れた。彼は耀太の前にしゃがみ、耀太を抱き起こしてくれる。

紗雪はほっとした。走る速度をゆるめて、乱れる呼吸を整えながら「ありがとうございます」と告げる。

青年は、耀太を抱き上げたまま振り向いた。

彼はロング丈のモッズコートを着ていて、ボアつきのフードをかぶっている。そのせいでどんな顔立ちをしているのかわかりづらかったが、年若い青年であることは見て取れた。二十代前半か、もしくはまだ十代かもしれない。

振り向いた青年と目が合う。

そのとき紗雪は背すじがゾクリと冷たくなるのを感じた。青年の目が、異常な興奮の光をたたえていたからだ。

紗雪は危機感を持った。彼に耀太をいつまでも抱き上げていてほしくないと、本能的に感じる。耀太を引き取るために、両手を差し出した。

「ありがとうございます、もう大丈夫ですからその子を――」

「見ましたか？」

青年がぽつりと聞いてきた。やはり声が若い。

両手を宙に浮かしたまま、紗雪は眉を寄せる。

「なにをですか？」

「あなたは見ていなくても、この子は見たかもしれない」

腕のなかの耀太に、彼は鋭く視線を向けた。

耀太は体をビクつかせる。

そのとき紗雪は、青年の右手になにかが握られているのを見た。暗いせいでそれがなんだったのかはわからない。けれど嫌な予感がしたのはたしかだった。

「その子を返してください」

緊張を帯びた声で紗雪は言う。

青年は、解放する素振りを少しも見せない。

「返してって言ってるの」

紗雪は焦《じ》れて、さらに彼に近づき耀太を強引に取り戻そうとした。

しかし、彼は紗雪の手を片手で振り落とした。

「少し待ってください。確認したいことがあります」

両目をギラつかせながら、青年は右手をポケットに差し込む。そのとき、なにを握っていたのかわかった。着火ライターだ。

ポケットから出てきた右手が、次に握っていたのはナイフだった。

キッチンに置いてあるような、細身の果物ナイフではない。片側の刃がノコギリのようにギザギザした、サバイバルナイフのような本格的な物に見えた。

紗雪は喉を引きつらせた。

鋭く光る切っ先が、耀太のふっくらした頬に突きつけられる。

「きみ。さっき僕がなにをしていたか、見ましたか？」

最大級の恐怖が、紗雪の足元から頭の先まで突き抜けた。

（まさか……放火犯？）

そう直感した。

ここは木造の一軒家が密集している裏路地で、彼が右手に握っていたのは着火ライターだ。加えて、目撃者を警戒するような言動。

この青年はいままさに、あの路地で付け火をしようとしていた可能性がある。

耀太は、自分に訪れている危機を把握しきれていないのか、硬直したままでいる。

紗雪は震える声で訴えた。

「やめて、その子を離して。なにも見てない、ここを走っていただけなの」

「うるさいですよ」

青年は瞳孔が開ききった双眸で、紗雪をにらみつけた。彼の呼吸が少しずつ乱れていく。

「静かにしていてください。いまから尋問を開始するんです」

青年のナイフが耀太の喉に突きつけられ、紗雪は総毛立った。いますぐ耀太を取り返したいが、耀太を傷つけられたらと思うと迂闊《うかつ》に動けない。

かろうじて声だけは出せる。紗雪は震える声で懇願した。

「お願い、その子にナイフを向けないで。まだ三歳なの、なにもわかっていないから……！」

「うるさいと言ってる!!」

青年は、ナイフを持った握り拳ですぐ近くの電柱を殴りつけた。

鈍い音が響き、紗雪はびくりと肩を震わせる。

青年は、紗雪をにらみ殺さんばかりに見据えた。

癇癪《かんしゃく》にも似た怒気を受けて体が竦む。

彼は胸を大きく動かして深呼吸をした。ふたたび耀太を見下ろす。

「正直に答えてください。嘘をついたら偽証罪になります」

青年は興奮の残る声で、耀太に告げた。

耀太は恐怖に震えながら、必死でまばたきを繰り返す。

「嘘、つかない……ヨウタ嘘つきじゃない」

「いいでしょう。ではお答えください」

芝居がかった大仰な言葉で、青年は耀太を促す。

彼の異常性に紗雪は恐ろしさを感じた。それ以上に、耀太に差し迫っている危機が、体中が震えて止まらないほど怖い。

「きみは僕がなにをしていたか見ましたか？」

「うん……ええと……」

紗雪は震えながら祈った。

耀太がなにも見ていませんように。見ていても、なにも話しませんように。

でも耀太は嘘をつかないだろう。ついさっき、紗雪の嘘を糾弾したのはほかでもない耀太だからだ。

「ヘンな臭いがして……、新聞紙が、地面にくしゃくしゃって……。おにいちゃん、火、持ってた」

紗雪は絶望が這《は》い上がってくるのを感じた。

青年の、ナイフを持つ手に力がこもり、手の甲の血管が浮き出る。

「おにいちゃん、しゃがんでて、それから、ヨウタのこと見た」

「耀太、もういい。もう話さなくていいから！」

恐ろしさに駆られて紗雪は叫んだ。

耀太はびくりと震えて、言葉を止める。

青年の喉の奥から、「なるほど」という声が絞り出た。ゾッとするほど低い、ざらついた声だった。

「ちゃんと見ていたということですね。わかりました。目撃者は消去する必要があります」

その言葉は最後通告にも似ていた。

耀太の身が危ない。耀太を守らなければ。

その思いに突き上げられて、全身を支配していた恐怖が吹き飛んだ。竦んでいた体が瞬発的に動く。

「耀太を放して！」

紗雪は青年につかみかかった。ナイフを持つ右腕に、縋りつくようにしてもみ合いになる。

「この、女の分際で……!!」

青年は呪わしげに怒鳴り、紗雪の腹部を蹴り込んだ。息が止まり、目の前が暗くなる。そのまま紗雪は地面に両膝をついて崩れ落ちた。

「僕に従わない女も、処刑だ！」

脚に力が入らない。急所を思いきり蹴られたせいだ。

耀太が「ママ」と叫んで泣きじゃくっている。

青年はイライラが頂点に達したのか、耀太に向けてナイフを振り上げた。

紗雪は声にならない悲鳴を上げた。

(誰か助けて！)

心のなかでとっさに呼んだのは、たったひとりの名だった。

(助けて、蓮……！)

振り下ろされたナイフは、耀太に届く前に青年の手から弾き飛んだ。紗雪の背後から飛び出してきた影が、青年に体当たりをしたからだ。

「――――ッ」

同時に、体当たりをした張本人――蓮は、青年の腕から耀太を引き剥《は》がしていた。

青年はそのまま派手に転がった。

彼は突っ伏したまま必死にナイフをつかもうとする。しかし手が届く前に、蓮がそれを蹴り飛ばした。すみやかに耀太を地面に下ろし、這いつくばって逃げようとする青年の背中を右足で踏み留める。

「動くな」

体重をかけられて、青年がうめき声を上げる。

「警察を呼ぶ。それまで指一本でも動かしてみろ。殺してやる」

凄絶なまでの怒りが、蓮の全身から放たれていた。

耀太がしゃがみ込んだまま泣きじゃくりはじめる。

紗雪は這うように耀太のところに行き、両腕で抱きしめた。

耀太が必死になって紗雪に抱きついてくる。小さな手が自分に縋りつくのを感じて、紗雪は震えるほどに安堵した。

耀太は無事だ。よかった。本当によかった。

「紗雪、耀太。大丈夫か？」

蓮が声をかけてくる。余裕のない、切迫した声だった。

耀太を抱きしめながら、紗雪は蓮を振り返った。彼は青年を拘束したまま、こちらを見ている。

蓮の姿を見るとさらに安堵感が増して、強張った全身から力が抜けていった。

「大丈夫。無事だよ」

答えた声はかすれきって、震えていた。視界が熱い涙で滲んでいく。

「ありがとう、蓮」

病院で怪我を診てもらい、一緒についてきた刑事からの事情聴取を受けたのち、紗雪たち三人は蓮のマンションに帰宅した。

耀太は例によって車内で寝てしまったので、すぐにベッドに寝かせた。

寝る直前まで紗雪の腕のなかで泣きじゃくっていたから、起きたときには目がパンパンに腫れているかもしれない。

寝室には蓮が連れていってくれた。紗雪は耀太をずっと抱っこしていたかったのだが、蓮が『おまえは怪我をしているから、俺が運ぶ』と言って譲らなかったのだ。

怪我といっても、腹部を蹴り込まれたことによる外傷は、診察の結果大事には至っていないとのことだった。

医師からは、急に痛むようなことがあればまた受診するように言われた。

耀太のほうも、転んだときに擦《す》り傷を負ったのみだった。

放火犯と出くわしてナイフを突きつけられるような事態に陥ったのに、これだけですんだのは不幸中の幸いだと刑事から言われた。

放火犯の青年は、駆けつけた警察官らにより現行犯逮捕された。現在、留置場に勾留されている。

連続放火事件の重要参考人として、事情聴取が明日から行われるとのことだ。

蓮によってベッドに寝かされる耀太を、紗雪は見つめていた。

うなされているようなことはなく、すやすやと熟睡している。

ほっとしたが、まだ完全に安心できなかった。頬に残る涙の跡が痛々しい。夜泣きするかもしれないから、ひと晩中添い寝をするつもりだ。

ベッドの傍《かたわ》らに佇みながら耀太の髪を撫でていると、蓮が言った。

「紗雪、おまえだけはあのまま入院したほうがよかったんじゃないのか？」

「どうして？」

紗雪は顔を上げた。すると、途端にめまいに襲われて、足がよろけた。

蓮の腕が伸びてきて、彼に抱き止められる。

「言ったそばからこれだ。おまえ、熱が出てきたんじゃないのか？　顔色が真っ青だし、体も熱い気がするぞ」

「平気だよ。病院では平熱だったし……」

けれど全身がひどく重かった。頭がガンガンと痛んで、呼吸も浅くなっていく。蓮に寄りかかっていないとうまく立てないほどだ。

「ごめんね蓮、迷惑かけて。わたしのせいで耀太も蓮も、危ない目にあわせちゃって」

自分の声がひどくかすれていた。それを拾う聴覚も、耳に膜を張られたように鈍い。

蓮の両腕に力がこもった。

たくましい強さが腰と肩に回っていて、まるで彼の一部にでもなったかのように、きつく密着する。

四年前はこの感触が心地よかった。蓮の匂いと体温に包まれることが幸せだった。

「迷惑だなんて少しも思ってない。間に合ってよかった、本当に」

蓮の声はわずかに震えていた。

アパートにお泊まりセットを運んで車に戻り、彼はすぐに車を発進させたらしい。

その後まもなく佐伯から電話がかかってきた。

路肩に止めて仕事の指示を出しているうちに、ふと、バックミラーに紗雪らしき影が映るのを見たそうだ。

その影はすぐに裏路地に消えていったから、見間違いかとも思った。けれどどうにも胸騒ぎがしたので、車を降りてあとを追うことにした。

道に迷いながらも声を頼りに進み、そしてあの場面に出くわしたのだそうだ。

「いや、間に合っていないな。放火犯とかち合う前に俺が追いついて、耀太を捕まえていたらこんなことにならなかった」

悔根に満ちた声を、蓮は絞り出す。

「俺は……いつも間に合わない。四年前もそうだった。気づかないあいだに紗雪が誰かに傷つけられている。俺が気づくのはいつもそのあとだ」

そんなことはない、蓮は悪くない。

そう伝えたかった。けれど蓮はその言葉を望まないだろう。

耀太がアパートを飛び出したのは、明らかに紗雪に原因がある。蓮に非はない。このことは、すでに蓮に車内で説明していた。

保育園の保護者を中心に、耀太の本当の父親は実は生きていて、それが蓮ではないかという噂が流れはじめたこと。父親が他界しているというのは偽りで、実は蓮と離婚したというのが真相ではないか、と疑いを持たれたこと。

これらの噂話を、保育園の園児が耀太に話してしまった。そのせいで耀太が混乱して、アパートをひとりで飛び出すに至った。

紗雪が話すことを、蓮は運転席でじっと黙って聞いていた。ハンドルを持つ手が、力を込めすぎて白くなっていた。

あのときもきっと、蓮は自分を責めていたのだろう。

紗雪は泣きたくなった。力の入らない指を伸ばして、蓮の広い背中を抱きしめ返す。

びくりと蓮の体が震えた。

「ありがとう、蓮」

視界が霞む。それが涙のせいなのか、激しい頭痛のせいなのか、紗雪にはわからなかった。

「いつも……ずっと、わたしは蓮に助けられてるね」

「紗雪――」

「もし蓮がいなかったら、わたしは」

指をさらに伸ばして、紗雪は蓮の両頬を包んだ。

形のいい双眸が見開かれる。そこには紗雪の姿だけが映っていて、戸惑いに揺れていた。

「蓮がいなかったら……、ううん、蓮がいないことなんて、想像もつかない……」

語尾にかけて声がどんどん小さくなっていく。視界の揺れが大きくなり、やがて意識が遠のいていく。

「紗雪……!? おまえ、やっぱりすごい熱じゃないか」

ずるりと崩れそうになる体を抱き抱えて、蓮が焦りの声を発した。

「体が弱いのにむりしすぎだ。とにかく寝て、ゆっくり休め」

軽々と紗雪を横抱きにし、蓮は耀太の隣に紗雪を下ろした。

頭が痛くて、体が重苦しくて、まぶたすらうまく開けられない。ただ、上からかけられた布団の温かさと、隣にある耀太の寝息が、安心感をもたらしてくれた。

「怪我のこともあるし心配だから、病院に連絡してくる。場合によってはすぐに病院に戻るからな。……紗雪？ 寝たのか？」

蓮の声がひどく遠い。

紗雪の意識は夢のなかをたゆたいはじめて、現実から遠ざかっていく。

「本当に、おまえは——」

ベッドが軋《きし》んで、蓮が腰かけた気配がした。

「ああやって、全力で耀太を守ってきたんだな。すごい女だよ。わかるけれど……でも、やっぱり俺には見守るだけなんてできない」

どうか、この手で守らせてくれ。

懇願にも似たささやきと共に、紗雪のひたいにやわらかな熱がふれた。

夢を見ていた。

苦しい夢だった。

断片的な記憶が頭のなかを流れていく。激務により早逝してしまった、優しい両親。別れと堕胎を懇願しに来る秋月夫妻の姿、蓮との日々から逃げ出した夜。

ひとりきりで上がった分娩台。生まれたての可愛い耀太に添い寝しながら、本当だったらここに蓮がいてくれたはずなのにと泣いた夜。

耀太が生まれた喜びと、蓮がいない悲しみ。ふたつの感情が混ざり合って、涙があふれた。蓮を想って泣くのはこれで最後にしようと決意した夜だった。

「蓮……、蓮」

夢のなかで泣きながら蓮を呼び、そうすると必ず抱きしめてくれる温もりがあった。

紗雪は必死にそれに縋りついた。

「放さないで……そばにいて」

彼のもとから離れたときから、絶対に口にしなかった言葉だった。そう感じることすら、己に強く禁じてきた。

「ああ、いるよ」

長い指で涙を拭われ、低い声で告げられる。

「放さない。ずっとそばにいる」

優しい腕のなかで、紗雪は安堵感に包まれていった。


目を覚ましたとき、あたりはまだ暗かった。

壁かけ時計を見ると三時を指している。深夜だ。エアコンの切れた室内はひんやりとしていた。布団に包まれた体は温かいが、頬の部分は冷たい。

頭がまだぼうっとしている。熱は下がっていないようだ。

喉が渇いた……。

「どうした、紗雪」

身じろぎの気配と共に、頬が温かい熱に包まれた。それが蓮の手のひらだと、遅れて気づく。

「寝苦しいのか？」

気遣うような優しい声に、紗雪は小さく首を振った。喉に引っかかるような、かすれた声で尋ねる。

「耀太は……？」

「おまえの隣で寝てるよ」

紗雪が振り向くと、すやすやと眠る耀太がいた。

穏やかな寝顔にほっとする。遅れて、すぐ後ろに蓮が寝転んでいることに気づいた。

耀太と紗雪と蓮が、同じベッドの上に並んで身を横たえている状態だ。

なぜこんなことになっているのだろう。

まだ頭がうまく働かない。紗雪は振り向いた。

「どうして蓮がここで寝ているの？」

見れば彼はパジャマ姿のようだ。蓮は困ったようにほほ笑み、紗雪の髪を撫でた。

その優しい手つきに温もりを感じる。

「おまえがそばにいてほしいって言ったんだよ」

紗雪は驚いた。

「わたしが？　覚えてない……」

「だろうな、夢にうなされている様子だったから。誤解するなよ。弱っているところにつけ込んだわけじゃないからな」

蓮がそういうことをする人じゃないことはわかっている。ならば本当に、自分が彼にそばにいてほしいと頼んだのだろう。無意識に発した言葉だ。

「……わたし、ずっと寝てた？」

「昨夜の事件のあと、病院から帰ってすぐに熱を出して、また病院に戻っただろ？　薬をもらって帰ってきて、それから丸一日寝てたんだよ」

「そうだったっけ……？」

記憶が抜け落ちているようだ。

蓮は片腕をシーツについて半身を起こした。紗雪の布団を整えてくれる。

「もう少し寝たほうがいい」

「喉が、渇いて。お水飲んでくる」

重たい体でなんとか起き上がろうとしたところを、やんわりと押さえられた。

「俺が汲んでくるよ」

軽やかにベッドから降りて、蓮は寝室から出ていく。

紗雪はしばらくぼうっとしたのち、両手を支えにしてなんとか起き上がった。すやすやと眠る耀太の顔を確認してから、蓮のあとを追う。

布団から出ると、すごく寒い。

両腕で自分を抱きつつリビングの扉を開けると、間続きのキッチンダイニングの奥で、蓮がミネラルウォーターのペットボトルを取り出していた。

灯りはシーリングライトの常夜灯のみで、薄暗い。

「紗雪？」

こちらの存在に気づいた蓮が、びっくりしたように目を丸くした。大股でこちらに来る途中、ソファの背にかけられていたブランケットを取る。

それで紗雪の肩を包んで、心配そうに覗き込んできた。

「起きて大丈夫なのか？ ここは寒いからベッドに行こう」

「わたし、まだ熱があるのかな」

蓮の手のひらが紗雪のひたいにふれる。ひんやりとした感触が心地いい。

手を下ろしながら蓮は言った。

「昨夜より少し下がった程度かな。むりしないほうがいい」

「耀太の体調は……？」

「耀太のほうがよっぽど元気だよ。念のため今日は保育園を休ませたけどな。おまえのこと、すごく心配してる」

紗雪はうつむいた。耀太ときちんと話をしなければ……頭のなかは朦朧《もうろう》としていたが、紗雪はそう強く思った。

「眠れそうにないならソファで休もう。いまエアコンつけるから――」

「蓮」

紗雪は彼の部屋着の裾をつかんだ。無意識の行動だった。

蓮は動きを止める。

「紗雪……？」

戸惑いながら見下ろしてくる彼の目に、紗雪の心が引き込まれる。ずっと、この人の瞳を見つめていたいと感じて、体がそのとおりにしてしまう。

発熱のせいでうまく理性が働かない。いつも自制していたのに。

そう、自制していたのだ。我慢していた。見つめることを。蓮のことで、思考と感情がいっぱいになってしまうのを。

放火犯に遭遇したとき、心のなかでとっさに呼んだのは蓮の名だった。夜、夢のなかでも自分は蓮を求めていたという。

（蓮のそばにいたい）

痛いほどにそう思った。

四年前につけられた傷も、未来への不安も、この想いの前ではかき消えてしまう。

それほどまでに大きくなってしまった。もしかしたら四年前よりも。

もう失えないと思うほどに。

紗雪は空いているほうの手で、彼の大きな手にふれた。

ぴくりと蓮が反応する。

紗雪はつま先を浮かせ、蓮の唇に自分のそれを重ねた。そっと、ただふれるだけの、互いの体温を分け合うようなキスだった。

唇が離れて、視線がふたたび交わる。

蓮はいまなにが起きたのか把握していないようだった。まばたきすら忘れて、見開いた瞳で紗雪を見つめていた。

「好きだよ、蓮」

夜気にこぼれた言葉は、これこそが真実だとでも言うように明瞭に響いた。

紗雪は心がしゃべるに任せた。

いま伝えたいことを、思考を通さずに、心のままに伝える。

「本当はずっと好きだった。忘れなきゃって自分に言い聞かせないといけないくらい、忘れられなかった」

体の奥から熱が生まれ、満ちてくる。それは体調不良による発熱とはまた別のものだった。感情を伴った激しさがあり、この人を抱きしめたいという衝動が湧き起こる。実際にそうしようとする直前で、紗雪は強い力で抱き寄せられ、彼の胸の奥にいた。

「そんなの、俺も」

彼の声はひどく震えていた。紗雪を抱き竦める両腕には力強い熱量があった。

「俺も同じだ。忘れられたらどんなにいいかって、ずっと苦しんで……でも忘れられなくて」

肩を抱いていた蓮の手が、這い上がって紗雪の後ろ頭をつかんだ。そのまま引き寄せられて、唇を奪われる。

性急なキスだった。

一刻も早く喉の渇きを潤したいとでも言うような、本能をかき立ててくる口づけだった。

冷たい夜気に、濃密なキスの熱がこもる。「愛してる」と紗雪の唇を貪《むさぼ》る合間に、蓮が何度もささやいた。必死な様子で、感情を抑えきれないとでも言うように。

「愛してる、紗雪。もう二度といなくならないでくれ。ずっと俺のそばにいてくれ」

「っ……、蓮――」

間近にある蓮の瞳から、涙がこぼれていた。それを見て、紗雪の心も決壊した。

紗雪の涙を優しく拭って、蓮はまぶたに口づける。

幸福と安堵に、紗雪の胸が締めつけられた。

「結婚しよう、紗雪」

狂おしく告げられて、鼓動が大きく波打つ。

「俺の花嫁になってくれ。耀太のことも認知させてほしい。俺は耀太の父親に、そしておまえの夫になりたい」

はい、と告げる声が涙に濡れて、うまく言葉にならない。

代わりに蓮を抱きしめる両腕に力を込めて、自分からキスをし返した。

蓮は紗雪に熱く応えることによって、想いをすべて受け止めた。


耀太と話す時間を取ったのはその二日後。金曜の夜だ。

まだ微熱が残っていたけれど、これ以上先延ばしにしたくなかった。耀太は大事をとって一週間ほど保育園を休ませる予定でいる。

紗雪も体調が思わしくないのと、耀太のそばにいてあげたいのとで、出勤を控えることにした。

夏目に事件のことについて説明すると、『仕事のことはこっちに任せて、じっくり体を休めるように』と言われた。夏目には感謝しかない。

休みのあいだは蓮ができる限りマンションにいてくれて、耀太の面倒を見てくれた。

事件以降、彼は生活の場をこのマンションに完全に移している。

佐伯も口では面倒そうにしながらも、蓮のサポートをしにこまめに来てくれた。

夏目や会社のメンバー、ママ友の香織も、ときどきマンションに顔を出しては、買い物をしてくれたり耀太と遊んでくれたりした。

皆に支えられていることを紗雪は深く実感して、感謝の気持ちを彼らに伝えた。

そんななか、蓮を交えて耀太と話をする機会を設けた。

仕事帰りの蓮は、スーツの上着を脱いだ格好でソファに腰を下ろしていた。耀太はリビングでひらがなのワークを解いている。

パジャマ姿の紗雪は、近くのソファに身を置き、耀太の小さな背中を見つめていた。

放火犯に出くわした夜以来、耀太は紗雪によそよそしくなった。

紗雪の体調を心配してくれるし、優しい言葉をお互いにかけ合ったりもする。

でも、前みたいに抱きついて甘えてきたりしなくなった。一定の距離ができてしまっていた。

「ママとお話ししよう、耀太」

こっちにおいで、と紗雪は耀太を促した。

耀太は最初渋っていたが、蓮にも優しく呼ばれたので、おずおずといった様子でソファによじ上った。

耀太をはさんで横並びに座り、紗雪はまず耀太に謝罪をする。

そして真実を話した。

耀太のパパはお空ではなく、すぐ近くにいること。パパは蓮であること。事情があって、ママとパパは耀太が生まれる前に離れてしまったこと。

三歳の耀太がどこまでこの話を理解できたかわからない。けれど耀太はじっと聞いていた。

聞き終えてしばらく沈黙したのち、告げたのはひとつの質問だった。

「いまは？」

「え？」

紗雪と蓮はまばたきをした。耀太は、ふたりを交互に見上げて言う。

「ママとレンさんは、いまはなかよし？　もうケンカしない？」

紗雪と蓮は目を合わせた。それから同時に耀太に視線を戻した。

真剣な顔で答える。

「もちろんだよ、耀太」

「俺とママは仲よしだ。もうケンカしない。不安にさせてごめんな、耀太」

耀太は安堵したような、それでいて満足したような顔で笑った。

「ママとレンさん、仲直り。よかったぁ」

屈託のない笑顔を前に、紗雪の胸がいっぱいになった。

耀太が生きているのはつねにいまだ。そして視線はいつも前を向いている。

子供は未来だ。よく使われる言葉だが、耀太を見ているとそれが真理だと実感させられる。

(見習わなくちゃ)

紗雪は耀太を抱きしめて、蓮は耀太の髪を撫でた。

「なあ、耀太」

蓮がほほ笑みながら、それでいて真摯な声で言う。

「俺はずっとおまえをママに任せきりだった。けれどこれからは、ママと一緒におまえを育てていきたい」

「ママと一緒に?」

紗雪の腕のなかで、耀太は首をかしげる。「そうだよ」と蓮は優しい声で告げた。

「これからは、俺も耀太の家族に入れてくれないか？　俺は耀太のパパになりたい。一緒にごはんを食べて、一緒に寝て、遊んで。耀太の保育参観に行って、誕生日のときはお祝いして。楽しいことをいっぱいしよう」

「レンさんと？」

耀太は目を丸くした。

紗雪は耀太に決してむりをしてほしくない。だから耀太の本心を読み取ろうと、懸命に様子を窺った。

耀太に拒否感は見られない。嫌悪感も、混乱もなかった。

あったのは、純粋な戸惑い。未知の事態に対する不安と、そして、これから楽しいことが起こるかもしれないというワクワク感だ。

それに気づいたとき、紗雪は胸を打たれた。

耀太は蓮と家族になるということに、楽しい予感を抱いている。その理由は恐らく、この短い期間で作られた耀太と蓮の絆だ。

蓮は耀太に純粋な愛情を注いだ。

そして、耀太はまっすぐな心でその愛情を受け止め、蓮を大好きになった。

「うん……、ヨウタ、レンさんがいるの、嬉しい」

はにかみながら、それでもとても嬉しそうに、耀太は笑った。

蓮は一瞬言葉に詰まったあと、心からの笑顔になる。

「ありがとう、耀太」

「うん」

蓮は耀太を抱き上げて、自分の膝に乗せた。それから笑い合った。

「男同士、これからよろしくな」

「オトコドウシー！」

はしゃぐ耀太を、蓮は抱きしめた。

彼の瞳が潤んでいるのを見て、紗雪ももらい泣きしそうになった。

父子としての関係づくりは、ここからがスタートかもしれない。けれどふたりは、最初の関係づくり――一対一の人間としての関わり合いを、とても素晴らしいものにしていた。

紗雪は蓮に感謝をした。そして、耀太にも。このふたりのように自分も、蓮と耀太をまっすぐに愛していこう。そして、与えられた愛情は素直に受け取っていこう。

紗雪は家族三人で形作っていく幸せな未来を思った。

第六章　未来へ

二週間。

これは放火犯との遭遇から数えて、紗雪の体調が回復するのにかかった日数である。

予想以上に長引いてしまった、というのが紗雪の率直な感想だ。どんなに長くても一週間で回復すると踏んでいたのに、とんだ計算違いである。

もともとむりが利かない体質だ。放火犯から暴力を受けたことと、耀太が危険にさらされたこと。このふたつが多大なストレスとなったのが原因のようである。

少なくとも、医師の見解はそうだった。

「けど、もちろんそれだけが原因じゃないよなぁ」

ウェブカメラ越しに話すのは夏目である。

紗雪のノートパソコンは、広すぎるダイニングテーブルの上に置かれている。

夏目は頬杖をつきつつ、からかうような口調で続けた。

「これまでひとりでがんばりすぎた反動というか、緊張しきった糸が切れた結果というか。頼れる誰かさんに気を許せるようになって、肩から力が抜けたというか」

「いえ、そんなことはないですけれど」

紗雪は気まずい気分で視線を逸らした。

ただいまの時間は夕方の四時。

夏目のデスクは資料やファイルなどで散らかっていて、いつもながらひどい状態だ。

一方で紗雪は部屋着姿である。

すっぴんの上、髪は大ざっぱにひとつ結びをしているだけだ。だから、社長のデスクの有様を指摘するような立場ではないと、重々承知している。

紗雪の背後に広がるリビングには、保育園帰りの耀太がいた。

園の送迎は蓮と佐伯がしてくれている。蓮が仕事で多忙なときは、佐伯が代わりに動いてくれるので頭が下がる。

佐伯は意外と子供好きのようで、迷惑そうにしながらも甲斐甲斐しく世話を焼いてくれていた。

耀太は床の空きスペースいっぱいにおもちゃの線路を広げ、三台の新幹線を走らせている。

たまに「どかーん」などと言いながらわざと衝突させたりするので、実に騒がしい。

もともと紗雪は、耀太のいない部屋で夏目と話そうと思っていた。けれど夏目が

「耀太の遊んでる姿が見たいから、耀太のいる部屋で話してよ」とリクエストしてきたのだ。

おかげでことあるごとに「耀太、静かにね」と注意することになり、加えて「うるさくしてすみません」と夏目に平謝りすることにもなった。

一方で夏目は、騒音を迷惑がるどころか嬉しそうに目を細める。

「注意しなくてもいいって。耀太も子供らしくなったなぁ。実にいい傾向だ。以前の耀太はいい子ちゃんすぎて、オジサンはちょっと心配してたくらいだったからね」

「そうなんですよ。うるさくしておいてこんなことを言うのは気が引けるのですが、ほっとしているんです」

イヤイヤ期もなく、わがままを言わず、お友達との衝突もない。

おもちゃやお菓子を指差して、アレも欲しいコレも欲しいと駄々をこねる年頃のはずなのに、耀太が指を差すのはひらがなワークや地図パズルなどのお勉強系ばかりだった。

『やりなさい』と言わなくても黙々とワークに取りかかり、できあがれば『ママ見て、すごい？』と褒め言葉をねだる姿は、どこか痛々しくもあり、母親として申し訳ない気持ちになったものだ。

紗雪としては、『がんばる母親の背中』を見せてきたつもりだ。いまになってわかる。紗雪が見せてきたのは、『がんばりすぎる母親の背中』だった。

そのため自然と耀太も、気を張って生きるようになった。子は親の真似をするのである。

紗雪の背後で、どうやら新幹線が脱線事故を起こしたようだ。

「あー！」と耀太が声を上げたので、「声は小さくね」と紗雪は人差し指を唇に当てる。

夏目はにやにやと笑う。

「可愛い盛りだねぇ。元カレくんはいまが幸せの絶頂なんじゃない？」

「元カレくんって呼び方、そろそろあらためてくださいよ」

紗雪は困った。

夏目と蓮は、お見舞いに来てもらったときにマンションで顔を合わせている。

その際に「やあ元カレくん！」などと呼びかけたものだから、蓮が明らかにムッとしてしまって、雰囲気が非常に悪くなったのだ。

画面の向こうで、夏目はのんきに缶コーヒーを口に含んだ。

「じゃあなんて呼ぶ？　婚約者くん？」

「普通に名前でいいじゃないですか」

『婚約者』という言葉に紗雪は頬を染めた。

夏目のニヤニヤ笑いが深まる。

「あいかわらず名取はウブで可愛いねぇ」

「それセクハラです、社長。とにかくですね」

紗雪はなんとか気を取りなおして、姿勢を正した。

「仕事のお休みを長期間いただいてしまって本当に申し訳ありませんでした。休み期間中も社長をはじめ会社の皆さんからお心遣いをいただき、とても感謝しております」

誠心誠意を込めた言葉のつもりだったが、夏目は「そういうところだよ」とからかうように笑う。

「俺だったらすべてを放火犯のせいにしてわざと寝込んで、これ幸いと一、二ヶ月は会社をサボるね！」

「サボッちゃダメでしょう、あなた社長なんですから」

ツッコミつつも、たしかにそれくらいのメンタリティでいたほうが、人生なにかと楽になるのかもしれないと思った。

それにしても、夏目と話していると肩の力が抜ける。リラックス効果は抜群かもしれない。

とはいえ彼のペースに巻き込まれていると、いつまで経っても本題に入れない。

紗雪は咳払いをしてから、会話の内容を軌道修正した。

「耀太はもうすっかり元気になって先週から保育園に通っていますし、わたしのほうもお医者さんから仕事復帰の許可をいただいています。明日からでも出社させていただきたいのですが、よろしいでしょうか？」

「名取が復帰してくれると助かるよ、大歓迎。けど、ほんとにいいの？　休暇ついでに、いちゃらぶハネムーンに行かなくて平気？」

「い、いちゃらぶって」

紗雪は顔を真っ赤にした。

いったいなにを言い出すのだ、この社長は。

「すぐには行きませんよ。仕事に早く復帰したいですし、耀太もひさしぶりの保育園を楽しんでいるようですし」

「すぐには行かないってことは、じゃあいつ頃の予定なの？　春先くらい？」

「ですから、それは——」

紗雪はモゴモゴと口ごもった。

こんな反応をすれば目の前の雇い主を喜ばせるだけである。わかってはいるが、ほかにどうしようもない。

「とにかく明日から出社しますので、よろしくお願いします」

「はいはい、了解。社員一同、名取の復帰を楽しみに待ってるよ」

紗雪としても、二週間ぶりに同僚たちと会えるのは嬉しい。明日が楽しみだ。

「ハネムーンって言っただけでそんな風に真っ赤になっちゃって。やっぱり可愛いね、名取は」

「いまのもセクハラです、いますぐ労働局に訴えてきます！」

「あっごめんなさい名取さん。反省します、許してください」

夏目はわざとらしく両手を合わせて頭を下げた。

紗雪は呆れつつ、「三度目はないですよ」と告げる。

そのとき扉の開く音がした。耀太が弾んだ声を上げる。

「レンさん、おかえりなさい」

「ただいま、耀太」

振り返ると、耀太を抱っこする蓮の姿があった。ずいぶんと早い帰宅だ。

蓮は仕事用のスーツを着ている。サラサラの黒髪がきちんと整えられているその姿は、思わず見とれてしまうほどだ。

しかしながら、いまは見とれている場合ではない。

「おかえりなさい。ごめんね、いま社長と話し中なの」

「ああ、わかってるよ。廊下で会話の内容が聞こえてきたからね」

さわやかに笑いながらも、蓮の目は笑っていない。

冷ややかな雰囲気を感じ取り、紗雪は不審に思った。

「どうしたの、蓮？」

「お話し中、失礼いたします。いつもお世話になっております、夏目社長」

耀太を床に下ろして、蓮が隣の椅子を引きつつ話しはじめる。

紗雪は慌てた。

「ちょっと蓮。社長とはいま、仕事の話をしてるから――」

「ああ、いいよ名取さん。こちらこそお世話になっております、秋月社長」

夏目の態度は実に友好的だ。

「名取さんの体調がよくなったとお聞きしてほっとしました。明日からの出社を、社員一同楽しみにお待ちしていますよ」

「ありがとうございます。ところで先ほど、うちの紗雪がセクハラという言葉を発しながら怒っていたように見受けられたのですが、夏目社長にお心当たりは？」

蓮は吹雪きそうなほど冷たい笑みを口元に浮かべている。

一方で夏目は、装っているだけかもしれないが、困惑の表情になった。

「いや、軽率な発言をしてしまいまして。本当にすみません、心から反省しております」

「そうですか、お心がけ痛み入ります。ただし二度目を許すつもりはありませんよ」

「愛が深いですねぇ」

「当然です。紗雪、話は終わっているのか？」

蓮がこちらに視線を投げた。

紗雪はどうしたらいいかわからないながらも、なんとかうなずく。

「連絡事項は、伝え終わってる……」

「なら切ります。失礼いたします」

蓮は容赦なく通信を切った。

紗雪は茫然としたのちに、蓮を咎める。

「もう、蓮。いきなり切るなんて、いくらなんでも社長に失礼でしょ？」

「あの社長はもともと好かない。それに紗雪、こういう格好で俺以外の男の前に出るなよ。部屋着でしか通信できないような状態なら、そもそも通信するべきじゃない。ベッドかソファでゆっくり休むほうが先だろう？　こんな無防備な姿で、相手があの社長だなんて最悪だ」

夏目とは元からソリが合わないのだろう。蓮は怒ったような顔で言う。

理性よりも感情が優先するときの蓮は、こういうまくし立てるような言い方になるのだ。

「ごめんね、蓮」

紗雪は苦笑しつつ謝った。

「社長は……というか、会社で仲のいい人たちは、気の置けない仲間みたいなものなんだ。だからつい、こういう格好でもいいかなって思っちゃう。それにセクハラがどうとかも、あんまり気にしないで。いつものやり取りっていう感じだし、本当にヘンなことは言わない人だから大丈夫だよ」

「その信頼感、ますます嫌だ」

蓮は顔をしかめた。それからチラリと背後を見て、耀太が新幹線のおもちゃに夢中になっているのを確認する。

「なあ紗雪。転職しろよ」

ダイニングテーブルに手をつきつつ身を寄せる。

頬に軽くキスをしてくる蓮に、紗雪はくすくすと笑った。

「可愛いな、蓮は」

「くそ。いまに見てろよ」

「わたしが好きなのは蓮だけなのに」

「俺もだよ」

とろけるような恋情を瞳に込めて、蓮はこちらを見つめてくる。今度は唇に唇が近づいて、重なり合った。

「……、今日は早かったね」

唇が離れて、紗雪がつぶやいた。

紗雪の頬を愛しげに撫でながら、蓮は言う。

「もう少ししたら会社に戻る。今日は外での打ち合わせが長引いたせいで、昼休みが取れなかったんだ。だから、会社へ戻る前にここに寄る時間ができたんだよ」

「じゃあ昼ごはん食べてないんじゃない？　なにか作ろっか？」

「いい、車のなかでハンバーガー食ってきた。紗雪と耀太の顔が見たくて戻ってきただけなんだ」

整った容貌が、焦がれてやまないといったようにほほ笑む。

紗雪の鼓動は高鳴らざるを得ない。

「それに話したいこともあった」

蓮の双眸がわずかな緊張を帯びた。

「四日前におまえが言っていたことを、もう一度確認したかったんだ。――本当にいいのか？」

〝やめてもいいんだぞ〟――。

蓮が言外にそう告げていた。紗雪は口をつぐんだが、すぐにほほ笑んだ。

「うん、大丈夫だよ。もう決めたことだから」

「むりしてないか？　俺としては、このまま無関係を通してもいいんだからな」

「心配しないで。耀太とふたりで話して、決めたことなの」

紗雪たちは三人そろって、今週末に蓮の両親と会うことになっている。

事の次第はこうだ。

蓮からのプロポーズを受けた次の日、彼はごく手短に『名取紗雪と結婚する。子供は認知する』と父親に電話を入れた。父が絶句したので、蓮は返事を待たずに通話を切ったそうだ。

その翌々日、蓮宛に両親名義で封書が届いた。

そこには蓮の結婚を祝う言葉と、そして紗雪への手紙が入れられていた。

『おかしな内容があったらいけないから、申し訳ないけれどあらかじめ俺が確認した。紗雪が目を通しても大丈夫な内容だと思う』

蓮は手紙を紗雪に差し出した。

『読みたくなかったら読まなくていいよ。俺のほうで受け取っておくし、そのまま返したほうがいいならそうするから』

蓮はこちらの味方をしてくれている。

ありがたくもある反面、四年前に訪ねてきた秋月夫妻の姿を思い出し、紗雪は複雑な気持ちになった。

たしかに夫妻は一方的なことを言って紗雪を傷つけた。父親は、お金を渡すから子供を堕してくれとまで言ってきた。

非は向こう側にあるだろう。

しかしこの四年間ずっと、蓮は両親から距離を置いてきたという。これから先もこの状態が続けば、紗雪は彼らから蓮というひとり息子を奪うことになる。

蓮はモノじゃない。奪う奪わないという問題でないのはわかっている。けれど、紗雪が秋月夫妻を許さなければ、蓮は夫妻と距離を置き続けるだろう。

事情はどうあれ、同じことを耀太にされたら、きっとものすごくつらい。

はたして自分のなかに、秋月夫妻に対してそこまでするほどのわだかまりが残っているのだろうか。

いまの自分なら、冷静に夫妻と話ができるのではないか。

それに彼らは耀太の祖父母だ。紗雪の側は他界しているため、耀太にとって唯一の祖父母が秋月夫妻だということになる。

そんな彼らの存在を、いないものとしてしまっていいのだろうか。

とにかく夫妻からの手紙を読んでみて、それから今後のことを決めよう。

紗雪はそう思って、手紙を開いた。

便箋二枚に渡る達筆だ。

手紙には、紗雪と耀太への謝罪の言葉と後悔の念、そして耀太が誕生していたことへの喜びが、綿々と綴られている。

すべて読み終えたあと、深く深呼吸をして目を閉じた。

閉じた目の先に浮かぶのは、なぜか自分の両親の姿だった。

寝る間も惜しんで、命を削りながら必死に働いていた両親。彼らは会社を守りたかったのだ。

会社を、社員とその家族の生活を、そして紗雪を守ろうと、必死だったのだ。

それは秋月夫妻も同じだっただろう。

紗雪がソファで思いに耽《ふけ》っていると、耀太が心配そうに声をかけてきた。

『どうしたの、ママ？　だいじょうぶ？』

優しい息子にほほ笑んで、紗雪は彼を膝の上に乗せた。さっきまでダイニングでおやつを食べていたため、耀太のほっぺにクッキーのカスがついている。

ティッシュで拭ってやりながら、紗雪は告げた。

『ねえ、耀太。耀太はおじいちゃんとおばあちゃんに会いたい？　昔ね、おじいちゃんたちとママはケンカをしちゃって、ずっと会っていなかったの。でも最近お手紙をもらってね、どうしようかなって思って。耀太はどうしたい？』

『おじいちゃんとおばあちゃん？』

耀太は首をかしげた。紗雪はうなずく。

『うん。蓮さんのパパとママだよ。わかる？』

『うーん、むずかしい……』

耀太はさらに首をかしげた。三歳児にとっては難解だったようだ。
耀太に聞くのはまだ早かったかと紗雪が反省したとき、耀太が告げた。
『むずかしいけど、ヨウタ、会いたい。だって、会ったことないもん』
紗雪は胸を突かれた。
会ったことがないから会いたい。
耀太の世界は、ごくシンプルだ。またしても紗雪は耀太に教えられた気がした。
紗雪の心は決まった。
これが四日前の出来事だ。
紗雪はその日の夜に、蓮に秋月夫妻に会う段取りを取ってほしい旨を伝えた。
そして今週末、秋月邸にて場が整えられる運びとなったのである。

日曜の天気は快晴だった。
午前十一時の空気は冷たく澄んでいる。
手をつないで歩く耀太からは白い吐息が弾んでいた。
秋月夫妻の家は、こぢんまりとした木造平家建てだった。古いながらも手入れがゆき届いており、庭には春に花をつけるであろう木々が植えられていた。

四年ぶりに会う夫妻は、あの頃よりも小さく感じた。老けたようにも見える。

彼らは弱々しい仕草で、深く頭を下げた。

耀太は不思議そうな顔で夫妻を見つめていた。

夫妻のお辞儀で、四年に渡り彼らを苦しめてきた懊悩の深さを紗雪は感じ取った。

蓮にとっても、両親とあらためて食事の席を設けるのはひさしぶりのことだったようだ。彼は緊張した面持ちで、両親と向かい合った。

紗雪と耀太に蓮が再会して以降の経緯を、夫妻はすでに知っていた。

蓮が事前に会って、説明したらしい。

このとき夫妻はその場で泣き崩れ、『ひとりで産み育てていたとは。本当に申し訳なかった……！』と謝罪したそうだ。

今回の対面でも、和室の客間に通されてお茶を出されたのちに、秋月夫妻はそろって両手を畳につき、紗雪と、そして耀太に対して深々と謝罪した。

耀太の手前だからだろう、あの夜彼らが口にした具体的な内容を指し示して謝るようなことはしなかった。

耀太は困惑したように、夫妻と紗雪を見比べていた。

頭を下げる夫妻の、白い物が交じった頭を紗雪は見つめた。

そして「お顔をお上げください」と告げた。思いのほかやわらかな声が喉から滑り出た。

蓮がこちらを気遣うように、視線を向けたのがわかる。

四年前と違うのは、自分も親になったことだ。

紗雪はすでに、『家族を守らなければ』という親の思いの強さがどれほどのものかを知っている。

放火犯という脅威から子供を遠ざけるために、蓮のマンションに身を寄せる提案を受け入れたのは、ほかでもない自分だ。

なにより蓮が、紗雪と耀太の味方になってくれていたことが大きかった。

それに秋月夫妻が蓮を産み育ててくれたから、自分は蓮に出会えたのだ。

頭を下げ続ける夫妻に、紗雪は静かに告げた。

「あのときのことはもう、お気になさらないでください」

蓮の手が、座卓の下で紗雪の手を覆った。

彼が心配しているのを悟り、紗雪は蓮にほほ笑みかける。

それから、隣に座る耀太に告げた。

「こちらがおじいさまとおばあさまよ」

人見知りの耀太は、最初の挨拶で『こんにちは、ヨウタです』とお辞儀をして以降、ひと言も発していなかった。

このときもモジモジしていたのだが、それでも小さな声で「おじいちゃまと、おばあちゃま……」とつぶやいた。

そのとき、秋月夫妻が顔を上げた。

ふたりの顔は涙で濡れていた。

その後昼食の運びとなったのだが、夫妻はかわるがわる耀太をほめた。

「とても利発な子だ。目元が蓮の子供時代によく似ているし、輪郭や口元は紗雪さんに似ている」

「それに、素直で優しい子ね。好き嫌いせずなんでも食べて、きっと丈夫な子になるわね」

孫のいない紗雪が、夫妻の気持ちをすべて理解できると言ったら嘘になる。

でも彼らの涙や言葉には、こちらの心を打つような深い愛情があった。耀太の情緒にも、よい影響を与えてくれるかもしれない。

途中お手洗いに立った紗雪を、蓮が待ち伏せていた。

片側に庭を望める廊下だ。

蓮は心配そうな目で紗雪を見つめた。まとめ髪にそっとふれる。

「むりしてないか？　昼食まで一緒にすることなかったんだぞ」

「大丈夫だよ、ありがとう」

紗雪はほほ笑んだ。

「耀太は？」

「オフクロからおやつもらって食べてる。……ごめんな」

「どうして蓮が謝るの」

紗雪は笑った。片頬を包む大きな手のひらに、自身のそれを重ねる。

「もう大丈夫。わたしは大丈夫だよ、蓮」

「紗雪……」

「心配かけてごめんね」

顔をずらして彼の手のひらに口づけると、蓮の耳がほんのり赤くなった。

「おまえが平気なら俺はそれでいいんだ。ただ負担がかかっていないかと心配で」

「ありがとう。蓮と耀太のおかげだよ。わたしひとりでは、四年前から——ううん、わたしの両親が亡くなったときから、抜け出せなかった」

蓮は目を見開いた。

紗雪は清々しい気持ちで笑う。

「本当にありがとう。これからもずっと一緒にいようね」

蓮は感極まったように声を詰まらせる。周りに人がいないことを確認して、紗雪の唇に口づけた。


帰り際、玄関先で紗雪は秋月夫妻に告げた。

「わたしの両親は他界しているので、祖父母の愛情をこの子は知りません」

彼らは真剣な表情で紗雪の言葉を聞いていた。

紗雪はほほ笑んだ。はじめて、このふたりの前で本当の笑顔を見せられた気がした。

「だからわたしの両親の分も、どうかこの子を愛してあげてください」

夫妻の目から、また涙がこぼれた。何度もうなずき、感謝の言葉を述べる。

彼らはしゃがんで耀太と目線を合わせた。

「いつでも遊びにおいで。耀太くんの行きたいところにどこでも連れていくよ。一緒に遊びに行こう」

耀太は嬉しそうに笑った。心が洗われるような、純粋な笑顔だった。

「あのね、保育園で発表会があるの。お歌を歌うんだよ。ママとレンさんと、おじいちゃまとおばあちゃまに、見てほしいな」

やはり未来へ向かう強さを持っているのは子供なのだ。

胸の奥から感情が込み上げてきて、紗雪の目が涙で潤んだ。

秋月夫妻はさらに涙しながら、耀太の頭を撫でた。

本当は抱きしめたかったのかもしれない。

「ああ、絶対見に行くよ。いまから楽しみで仕方がないよ」

「耀ちゃんのお歌、とっても楽しみにしてるね」

「うん!」

耀太は嬉しそうにうなずいた。

子供はただそこにいるだけで、凍りついた大人たちの関係を溶かしてゆく。

それはまさに奇跡の力だ。

紗雪の頬を蓮の指が拭って、そこではじめて、自分が泣いていることに気づいた。

紗雪の肩を、蓮はそっと抱き寄せた。耀太と両親を見つめる彼の瞳も、また潤んでいた。

終章

季節は夏。ごく親しい人たちだけを招いた、小さな、けれどとても幸せな結婚式を経て、紗雪たちは南の島に来ていた。

秋月の義両親は『新婚旅行はふたりきりで楽しみたいだろうから、耀太の面倒はこちらで見るよ』と申し出てくれた。

けれど紗雪と蓮はそれを断った。

このハネムーンは、紗雪たちにとってはじめての家族旅行になる。

「ママー！　お空も海もすっごく青いー！」

波打ち際を走る耀太が、歓声を上げる。

砂浜からその様子を見ながら、紗雪はほほ笑んだ。

水着姿の耀太の近くには、同じく水着を着た蓮がいる。「ほら耀太」と呼びかけて、耀太の頭から浮き輪を入れた。

「パパ、浮き輪ナシ大丈夫？」

「平気平気。パパは泳げるからな。もうちょっと沖のほうに行こう」

「うん！　ママ、行ってきまーす」

小さな手をちぎれんばかりに振って、耀太は蓮に引っ張られて泳ぎ出した。

今日は、飛行機でここに辿り着いた初日だ。『長距離移動のあとに海で泳ぐのは禁止』と、過保護な夫から厳命されたため、紗雪は一日見学である。

パラソルの下のビーチチェアに腰を下ろし、紗雪はカバンからカメラを取り出した。おっかなびっくりの様子で海のなかを進んでいく耀太と、笑いながら浮き輪を引っ張っていく蓮の写真を撮る。

コルクボードに貼りつけるための写真が、また増えていく。

耀太が蓮のことをパパと呼べるようになったのは、結婚式を終えてからだ。それまでは恥ずかしいからか、それとも違和感があるからか、なかなかパパと呼べなかった。

教会でウエディングドレスに身を包んだ紗雪が、タキシード姿の蓮と並んだときである。秋月の義母の隣で耀太が『ママ、レンさんのお嫁さんなんだ』とつぶやいたそうだ。義母が言うには、驚きと感動を伴った声音だったとのことである。

そのときから耀太は少しずつ蓮のことを『パパ』と呼ぶようになった。結婚式をきっかけにして、耀太のなかで心が切り替わったのかもしれない。

耀太が蓮のことをはじめて『パパ』と呼んだのは、披露宴を終えたあとの控室でのことだった。その言葉を聞いたとき、蓮は涙をこらえきれなかったようだ。耀太を抱きしめて『ありがとう』と告げていた。紗雪ももらい泣きをしてしまった。

あとで蓮は『俺は人前で絶対泣かないタイプだったのに、最近は涙腺がゆるんでしょうがない』とぼやいていた。

ビーチでひとしきり遊んだのち、ホテルに移動してディナーを楽しんだ。

海岸沿いのテラスに作られたレストランでの、バーベキューである。耀太が絶対に喜ぶと思ってプランに入れておいたのだ。

期待どおり、耀太は目をキラキラさせて大いにはしゃいだ。

紗雪も蓮も、とても楽しいひとときを過ごした。

そして案の定、椅子の上で耀太はうつらうつらしはじめた。海遊びからのバーベキューで、体力が尽きたのだろう。蓮は耀太を抱き上げた。

「そろそろ部屋に戻るか」

「うん」

紗雪は海岸線を見た。藍色の空とオレンジ色の夕陽が美しく溶け合っている。

耀太を抱っこした蓮と共に、レストランを出てエレベーターに向かった。

宿泊する部屋はホテルの最上階にある。オーシャンフロントのスイートだ。

「昼間見たときの眺めもすごかったけど、夕焼けの時間も圧巻だね」

窓を開けながら、紗雪は感嘆の声を上げる。思わずバルコニーに出た。

明るいときに見た景色は、澄みきった空と、生命力に満ちた海の姿が視界いっぱいに広がっていた。いま海は銀色に輝き、空には夕陽の光が広がって、神性を感じるほどだ。

惹き込まれるようにバルコニーから眺めていると、背後から声がかかった。

「耀太、ベッドに寝かせてきたよ」

たくましい両腕が肩と腰に絡んで、抱き寄せられる。背中に硬い胸板を感じて、紗雪の鼓動が速まった。

耳裏に唇を押し当てるようにして、蓮が聞く。

「体調、大丈夫か？」

「うん、平気。海を見てたの。すごく綺麗じゃない？」

「紗雪のほうが綺麗だよ」

そんなことばかり言って、と咎めようとしたら、顎を指でつかまれた。後ろを向かされ、唇に口づけられる。

ふれ合ったところから甘い熱が生まれていく。

「蓮、ここ、外……」

「ごめん。抑えきれなかった」

恋情に侵されたまなざしで蓮は言う。

吐息が紗雪の唇にふれて、それからまた、濡れた熱に覆われた。軽く重なり、少しずつ深まっていく。

このまま彼と溶け合ってしまいそうな感覚がした。

蓮の手のひらが、ワンピース越しに紗雪の輪郭をなぞっていく。紗雪がピクリと反応すると、蓮の手が頬に移動して、愛しげに撫でてきた。

鼓動が速まる。

端整な蓮の面差しに、夕陽の光がさしている。

「結婚式のときに何度も言ったけど……ウェディングドレス姿の紗雪はすごく綺麗だった」

情熱に揺れる瞳で見つめながら、蓮は言った。

「普段から見とれるくらいなのに、それ以上に綺麗になるなんてどういうことだと思ったよ」

「もう、そういう言葉はどこで覚えてくるの？」

頬を赤らめて咎めると、蓮は小さく笑った。

「本音しか言ってないよ」

「本当かなぁ。自分のことはわからないけど、蓮はすごくカッコよかったよ。イケメンはなにを着てもイケメンなんだなって実感した」

「それはどうも。さて、お姫さま」

冗談めかして言いつつ、蓮は唐突に紗雪を横抱きにした。

「きゃっ、な、なに？」

「このスイートには寝室がみっつある。耀太が寝ている部屋に行くのは、明日の朝でもかまわないか？」

「ば、ばか」

紗雪の頬がいっきに赤くなった。

紗雪を抱いたまま蓮は室内に戻り、右手奥の部屋に足を向ける。

「ばかはないだろう。ああ、そうか。朝と言わず、昼どころか夕方までふたりきりでいたいのか。それなら俺も同感だ」

「夕方って、そんな時間まで耀太をひとりにしておけないじゃない」

「そう、それにもまったく同感だ」

寝室に入り、キングサイズのベッドに紗雪を下ろす。

ふわふわのシーツに背中を包まれて、紗雪は胸の鼓動を抑えつつ蓮を見上げた。

蓮はほほ笑みながらベッドに腰かける。

スプリングがたわんで、紗雪の体がさらに沈んだ。

「朝になったらちゃんとおまえを解放するよ。けれどそれまでは、俺だけの紗雪でいてくれるだろう？」

甘いまなざしと声に溶かされそうだ。紗雪の髪を指先で梳きながら、蓮は身をかがめた。

唇が重なり、そのキスはやがて、絡みつくような熱を帯びていく。

「愛してるよ、紗雪」

たくましい体の重みを感じながら、紗雪も同じ言葉を返した。その響きが胸の奥に染みていく。

夕陽が沈み、満天の星空が広がりはじめる。

明日の朝は、きっと快晴に違いない。

END

あとがき

はじめましての方もそうでない方もこんにちは。椋本梨戸《くらもとりと》です。

今回はご縁をいただきまして、マーマレード文庫様から刊行していただきました。

担当者様には大変お世話になり、感謝してもしきれません。的確なアドバイスとお心遣いをいただき、誠にありがとうございました。

また、出版にあたり携わっていただいた方々にも、心より御礼申し上げます。

素敵な表紙は芦原モカ先生に描いていただきました。蓮の流し目がカッコよく、戸惑った様子の紗雪は可愛らしさのある美人さんに仕上げていただき、とっても嬉しかったです。なにより着ぐるみ風の耀太が可愛い！　本当にありがとうございました。

最後に、読者さまへ。

今作をお手に取っていただき、誠にありがとうございました。楽しんでいただけましたら、こんなに嬉しいことはありません。またお会いできることを願って。

椋本梨戸

マーマレード文庫

秘密で赤ちゃんを産んだら、強引社長が溺愛パパになりました

2021年9月15日　第1刷発行　定価はカバーに表示してあります

著者　椋本梨戸　©RITO KURAMOTO 2021
発行人　鈴木幸辰
発行所　株式会社ハーパーコリンズ・ジャパン
東京都千代田区大手町1-5-1
電話　03-6269-2883（営業）
0570-008091（読者サービス係）
印刷・製本　中央精版印刷株式会社

Printed in Japan ©K.K. HarperCollins Japan 2021
ISBN978-4-596-01358-3

乱丁・落丁の本が万一ございましたら、購入された書店名を明記のうえ、小社読者サービス係宛にお送りください。送料小社負担にてお取り替えいたします。但し、古書店で購入したものについてはお取り替えできません。なお、文書、デザイン等も含めた本書の一部あるいは全部を無断で複写複製することは禁じられています。
※この作品はフィクションであり、実在の人物・団体・事件等とは関係ありません。

m a r m a l a d e b u n k o